www.mayabook.co.kr

www.mayabook.co.kr

지은이 | 글작소
펴낸이 | 권순남
펴낸곳 | (주)마야 · 마루출판사

등록 | 2008. 1. 7 (제310-2008-00001호)

초판 인쇄 | 2012. 8. 29
초판 발행 | 2012. 8. 31

주소 | 서울시 노원구 상계 1동 1049-25 신영산업 BD 602호
대표전화 | 02-2091-0291
팩스 | 02-2091-0290
이메일 | marubooks@hanmail.net

ISBN | 978-89-280-0849-0(세트) / 978-89-280-0925-1
정가 | 8,000원

잘못된 책은 교환하여 드립니다.
저자와 협의하여 인지를 붙이지 않습니다.

捕校 5

포교

글작소 신무협 장편소설

MAYA & MARU ORIENTAL STORY

마루&마야

목 차

제53장. 남송을 가다 ⋯007
제54장. 무당을 가다 ⋯027
제55장. 가출한 스승을 만나다 ⋯055
제56장. 희생양 ⋯079
제57장. 신임 포두 ⋯103
제58장. 개봉 환란(患亂) ⋯121
제59장. 백도맹의 뒷주머니 ⋯145
제60장. 오대세가와의 충돌 ⋯163
제61장. 박쥐가 되다 ⋯189
제62장. 배신의 비수를 들다 ⋯211
제63장. 숨어들다 ⋯235
제64장. 몸부림 ⋯261
제65장. 복수의 첫발 ⋯281

· 본 작품은 창작 집단 (주)글바랑 소속 작가의 창작물입니다.

제53장
남송을 가다

 임무에 대한 세영의 설명을 들은 이들이 어이없는 표정을 지었다.
"그게 가능하다고 생각해?"
"불가능하다고 생각하지는 않아."
"어째서?"
"지금도 무림인들은 몽고의 땅이든 남송의 땅이든 상관없이 왕래하고 있는 걸로 아니까."
"그야 말 그대로 무림인들에 한한 거지, 우린 관인이라고. 빌어먹게도."
 황렬의 말에 모든 이들이 고개를 끄덕였다.
 하지만…….

"난 아닌데."

당홍의 말에 살마가 입을 열었다.

"그럼 잘됐네. 암왕만 보내. 보내서 그 자식 잡아 오면 되잖아."

"나보고 점창을 가라고? 그것도 혼자? 너 이 자식, 나한테 무슨 억하심정이야!"

천하의 당홍이 겁을 낸다.

하지만 그걸 이상히 생각하는 사람은 없다. 점창이 가진 힘도 강대한 데다, 당금의 십대고수 중 한 명이 그곳에 머물고 있기 때문이다.

낙영검존(落英劍尊), 무공 수위도 당홍이 끼어 있는 사왕보다 한 단계 위다. 그래서 삼존의 일좌를 차지하고 있는 것이고.

강호의 소문대로라면 그의 낙영비화검법(落英飛花劍法)이 펼쳐지면, 사람의 목도 떨어지는 꽃봉오리처럼 힘없이 잘려 나간다고 했다.

도사인 탓에 흉포하진 않지만 외골수적 성격이 강해서 타협을 모르는 인물로 알려져 있었다.

거기다 반몽고 성향이 강하다 했던가?

최근에 들리는 소문에 의하면 그가 남송과 전쟁 중이던 한 몽고 장수의 목을 베어 버렸단다.

살마와 당홍의 드잡이를 바라보던 황렬이 물었다.

"이유가 뭐냐? 혹시 소문 때문이냐?"

"소문?"

"그가, 낙영검존이 몽고 장수의 목을 베어 버렸다던데……."

"그랬나? 이유는 몰라. 그저 낙영검존을 추포하여 압송하라는 명령만 내려왔으니까."

"근데 그 명령에 성공할 거라고 생각해서 받아 온 거냐?"

황렬의 물음에 투덕거리던 살마와 당홍마저 세영을 바라본다.

아무리 세영이 당홍급으로 실력이 늘어났다지만, 낙영검존은 그보다 한 단계 위였기 때문이다.

굳이 따지자면 반수 정도 앞선다고나 할까?

그 말은 현 단계의 세영이 무슨 수를 써도 낙영검존을 이길 수 없다는 소리였다.

"글쎄… 원래 꼭 성공할 만한 명령만 받은 건 아니잖아."

"그렇다고 죽으러 가는 걸 알면서도 할 수는 없잖아!"

"죽긴 왜 죽어? 정히 안 되겠거든 튀면 되는 거지."

"튀어? 걔들이 튀게 두긴 하고?"

황렬의 물음에 세영은 애꿎은 볼만 긁적거릴 뿐이었다. 그런 그에게 당홍이 조심스럽게 말했다.

"이번 건… 내가 생각해도 무리야. 낙영… 그 자식 정말 말이 안 통하는 놈이거든."

솔직히 말하면 낙영검존은 당홍과 동년배의 고수다.

항렬도 비슷하고, 둘이 만나면 서로 공대를 해야 할 정도. 하지만 사이는 그리 좋지 않다.

하긴 그렇게 따지면 당홍과 사이가 좋은 인사는 수로맹주인 조간혈왕(釣竿血王)밖에 없다.

제멋대로인 성격에 죽이 잘 맞는달까?

"대화 나누러 가는 거 아니야, 영감."

"아무리 자네라도 다짜고짜 칼부터 꺼내면 죽을 가능성이 높아. 그건 알아?"

"붙어 보기 전엔 몰라."

그 호기가 보기 좋았다.

그게 매력인 녀석이기도 했고. 하지만 상대가 좋지 않았다.

평소에 보였던 낙영검존의 성격대로라면 세영의 호기를 매력으로 보기보다는 존장을 업신여기는 불한당으로 치부할 테니까.

거기다 때려죽여도 시원치 않은 몽고의 앞잡이이기도 했고.

"그거… 정말 위험한 생각이라니까."

"여하간, 결정 난 일이야. 관인이 돼서 위에서 시키는 일에 왈가불가할 수 없는 일이니까. 그리 알고 준비해 둬. 출발은 내일 아침 사시정(巳時定)이야. 내빼는 자식은 세상 끝까지 쫓아가서 껍질을 벗겨 버릴 테니까 각오가 되어 있으면 도주해도 상관없어."

못을 박아 버리는 세영의 말에 나머지 사람 전부의 안색이 검게 죽었다.

특히… 남송에서 쿠빌라이의 암살을 의뢰받아 돈만 떼어먹은 살마의 경우는 더욱…….

그런 이들을 두고 포반을 나서는 세영을 황렬이 황급히 쫓아 나왔다.

"대책은 있는 거지?"

"무슨 대책?"

"암왕이 돕기로 했다든가……?"

"저 영감탱이가 도울 거라고 생각해?"

"뭐야? 이야기도 안 해 본 거야?"

"소용도 없는 이야기를 모양 빠지게 왜 해?"

"왜 소용이 없을 거라고 생각하는 건데?"

황렬의 물음에 세영이 반문했다.

"저 영감탱이가 사천당가의 태상가주라면서?"

"그래."

"그럼 묻자, 점창하고 사천당가하고 붙으면 누가 이길 거 같냐?"

"그걸 말이라고… 아무리 암왕이 있다지만 상대는 구파일방의 한 축을 맡고 있는 점창이야. 역사만 오백 년이 넘는다고. 계란으로 바위 치기까진 아니어도 바위로 쇳덩이

치기 정도는 될 거다."

"당가가 깨진다?"

"당연하지. 아마 존속이 불투명할 정도로 박살 날걸."

"그런데도 저 영감탱이가 도울 거라고 생각해?"

세영의 물음에 황렬이 어깨를 으쓱였다.

"그야 낙영검존을 제압하면 이야기는 달라지니까……?"

"내가 못 잡으면 영감이 합세해도 불가능해."

"그게 무슨… 낙영검존이 아무리 암왕의 위라도 겨우 반수 정도라고. 너, 암왕과 비슷한 경지에 올랐다면서. 그런 이 둘이면 낙영검존도 무사하지 못해."

황렬의 말에 세영이 피식 웃었다.

모르는 것이다. 화경이라 말하는, 그러니까 신화경이라 부르는 경지에 들어선 이들 사이에서의 차이가 얼마나 큰지를.

하긴 세영 자신도 심상 고리가 7개가 되면서 알 수 있게 된 것이니까.

그 작은 차이가 얼마나 큰 간극을 가지는지를.

당홍의 위라면 그는 아마도 심상 고리가 8개 정도라야 상대가 가능할 것이다.

그건 지금의 세영으로서는 과연 올라설 수 있을지 감조차 잡을 수 없을 정도로 까마득히 높은 경지였다.

하지만 그걸 풀어서 설명해 줄 수 있을 만한 마땅한 말이 없었다.

이야기해 줘 봐야 좀처럼 이해하기 어려울 테니까.

"이걸 뭐라고 말해야 할지 모르겠으니 그냥 결과만 말하지. 나나 영감탱이가 상대가 안 되면 우리 정도로 열 명을 붙여도 그 인간 못 잡아."

"그게 무슨 말이야?"

"설명할 방법이 없다고 말했잖아. 그러니 그냥 그렇게 알고 준비나 해 둬."

"이봐, 그렇다면 진짜로 가면 안 되는 거잖아!"

"쯧, 한때 꿩마라 불렸던 인사가 왜 이래? 그럼 소문에 겁먹은 채, 가서 붙어 보지도 않고 꼬랑지를 말란 말이야?"

"암왕은 그를 봤다잖아. 자신으로는 안 된다고 했고!"

"그러니까 간다고."

"도대체 무슨 소리야?"

"쯧, 그런 인사랑 한번 붙어 보는 거… 설레지 않아?"

세영의 말에 잠시 멍한 표정을 짓던 황렬의 인상이 와락 구겨졌다.

"이런 빌어먹을 인사! 그럼 혼자 가든지. 내가 가서 죽어봐, 우리 연이는 어쩌라고!"

연이… 이연, 황렬의 내자를 말하는 것이다. 그 말에 세영이 피식 웃었다.

"자식… 설서 내가 잡았다 치자, 그때 내 몸 상태가 정상이겠냐? 그때 점창 놈들이 달려들면 기껏 잡았던 놈 놓치고 나도 황천 가는 거다. 그걸 막자니 별수가 있어야지. 그리고 만에 하나 내가 안 되면… 토끼면 되잖아. 내가 안 돼도 잠시 붙잡아 둘 수는 있을 테니까 그 순간에 토끼라고."
"이런 빌어먹을!"
사내 황렬보고 동료를 두고, 친구를 두고 도망가라고 말한다.
그럴 수 있을까? 그렇게 살아오면 연이한테 떳떳할 수 있을까? 그녀가 좋아할까?
"에이 씨……!"
잔뜩 구겨지는 황렬의 얼굴로 포기의 감정이 드리워졌다.

❊   ❊   ❊

다음 날 좌포청 앞마당엔 잔뜩 굳은 표정의 수부타이가 세영을 비롯한 비호대의 출동을 배웅하고자 나왔다.
한데 그런 수부타이보다 세영의 표정이 더 구겨져 있었다.
"이건 말도 안 됩니다."
세영의 강한 불만에 대한 답은 수부타이가 아니라 세영의 곁에 서 있는 시어사, 유지현의 입에서 나왔다.
"왜 말이 안 된다는 거죠?"

"이게 지금 소풍 가는 걸로 보입니까?"

"내가 소풍이나 다니러 여기 온 거 같아요?"

"그럼 죽으러 오셨습니까?"

세영의 물음에 지현이 어깨를 으쓱여 보였다.

"관인이 공무 수행 중 어쩔 수 없다면 죽어야죠. 그게 관인의 숙명 아닌가요?"

"이런… 그걸 지금 말이라고 해요? 그걸 막기 위해서 주변 사람들이 처할 위기는 신경 안 쓰냔 말입니다."

"날 신경 쓰지 않으면 되죠. 그러라고 호위도 고용한 거 아닌가요?"

지현의 말에 한쪽에 서 있던 당홍의 얼굴은 똥 씹은 표정이 되었다.

사실 그는 이번 출행에선 방관자의 입장에 서고 싶었다. 점창과의 문제도 있고. 어쩌면 일이 잘못되었을 때 중재도 가능할까 싶었기 때문이다.

하지만 지현이 나서면서 모든 계획이 엉망이 되었다.

이런 지랄 같은 임무가 기다리라곤 생각도 못한 채 지현의 호위 임무를 받아들였던 것이다.

선금도 받았다. 금자로 5백 냥.

그걸로 좌포청 포쾌들과 정용들에게 한껏 거드름을 피우며 술도 샀다. 그 탓에 남은 돈이… 3백 냥 정도…….

지금 심정대로라면 모조리 토해 내고 싶었다.

위약금? 그래 봐야 배액이다.

당가로 전서 한 장만 띄워도 그 정도는 금방 해 줄 수 있었다.

하지만 그러지 못한다. 왜?

'쪽팔리니까!'

천하의 철환신왕이, 당가암왕이라 우러름을 받는 당홍이 낙영검존이 무서워서 위약금 물고 꽁무니를 뺐다는 소리를 들을 수는 없는 노릇이기 때문이었다.

그런 당홍을 슬쩍 돌아보는 세영의 표정이 일그러졌다.

그도 이런 상황을 염두에 두고 그를 끌어들인 건 아니었던 까닭이다.

그 마음을 알기 때문일까? 당홍이 세영을 보고 어깨를 으쓱여 보였다.

괜찮다는 신호였지만 표정은 전혀 괜찮지 않아 보였다.

결국 좌포청을 나서는 비호대엔 지현이 끼어 있었다. 똥 씹은 표정의 당홍이 바짝 붙은 채로…….

하남은 몽고가 차지한 중원의 땅에선 가장 남쪽에 치우친 지역이었다.

그 탓에 허창과 방성을 지나 당하에 도착하자 다수의 군병이 목격되었다.

"이거야 원, 백성보다 군병의 수가 더 많겠구먼."

당홍의 말에 일행의 고개가 끄덕여졌다.

사실 무림인들이 접경 지역을 이렇게 관도를 따라 이동하는 경우는 드물다.

대부분은 산을 타고 순식간에 접경 지역을 통과하는 방법을 택하기 때문이다.

그럼에도 이들이 관도를 타고 내려온 것은 시어사인 지현의 고집 때문이었다.

그녀는 대몽고의 관인이 관도를 버리고 마치 죄인처럼 산길을 탈 수는 없다고 버텼던 것이다.

그 탓에 '한족 주제에 대몽고는 무슨……' 이라는 거패의 편잔을 듣기도 했지만 그녀의 고집을 꺾지는 못했다.

여하간 그 덕에 여행은 순탄했다. 식사도 모조리 객잔에서 해결했기 때문에 일행의 불만은 크게 드러나지 않았다.

"이젠 산으로 올라가야 하지 않아?"

황렬의 물음에 세영이 지현을 돌아봤다.

"그것도 저 계집의 눈치를 봐야 하는 거냐?"

"그건 아니지만… 제대로 따라올지 걱정이다."

"걱정도 팔자다. 못 쫓아오면 떼어 놓고 가면 그만이지."

"저만한 인사를 제대로 지키지 못하고 돌아가면 문책이 뒤따를 거다."

"빌어먹을! 이래서 내가 관인을 안 하려 했던 거라고."

황렬의 투덜거림에 피식 웃어 보인 세영이 당홍에게 다가갔다. 그런 그에게 당홍이 물었다.
"왜?"
"산으로 들어갈 거야."
"뭐, 이 정도 왔으면 그래야겠지."
"그래서 말인데… 잘 부탁해, 영감."
"뭘?"
"시어사 말이야."

세영의 말에 저만치 뒤에 처져서 막야와 수다를 떨며 따라오고 있는 지현을 흘깃 바라본 당홍이 말했다.
"설마 업고 가라는 소리는 아니지?"
"어쩌면… 산속에선 속도를 내야 하니까."
"빌어먹을. 손녀도 잘 안 업어 주는 노부이거늘……."
"그럼 잘됐네. 이번에 연습 삼아 실컷 업어 봐."

세영의 말에 당홍은 못마땅한 표정으로 혀를 찼다.
"쯧, 알았네. 여하간 돈 받은 값은 하지."
"그럼 영감만 믿어."

그 말을 던져두고 돌아서는 세영을 당홍이 잡았다.
"그나저나 자네."
"왜?"
"정말 해 볼 생각인 게야?"
"같은 이야기 자꾸 시키고 그래."
"아무래도 이건 아니지 싶어서 그래. 보아하니 간극의 차이를 못 느끼는 것 같지도 않고."

"간극이고 지랄이고… 여하간 화끈하게 붙어 볼 수 있지 않겠어?"

"그러다 잘못되면?"

"이래 봬도 꽤 발이 빠르다고 자부하지. 죽지는 않을 거야. 그럴 것 같았으면 오지도 않았고."

"그 자신감대로 되었으면 좋겠구먼."

"그럴 거야. 그러니 영감은 시어사나 책임져."

"그러지. 아! 그리고 만약 싸움이 벌어지면……."

"영감보고 날뛰라곤 하지 않아. 그러니 걱정 마."

세영의 말에 당홍이 쓸쓸한 미소를 지어 보였다.

"내가 연관되면 그 화가 나 혼자한테만 미치는 게 아니라서……. 대신 시어사의 신변은 책임지지."

"그럼 됐어."

그렇게 돌아서는 세영을 당홍은 걱정 어린 시선으로 바라보았다.

당하 인근에서 산으로 접어든 세영과 일행은 어마어마한 속도로 이동하기 시작했다.

접경 지역에서 몽고군의 눈에 띄기도 하고 남송군에게 발각되기도 했지만, 이쪽의 이동속도를 쫓지 못하는 그들은 별다른 위협 요소가 되지 못했다.

그렇게 급속으로 남하한 일행이 다시 관도로 나선 것은 조양을 지나 의창에 달해서였다.

그쯤이면 호광의 최대 무림 세력인 무당의 권역에서 충분히 벗어났을 거란 판단 때문이었다.

하지만 곧바로 섣부른 판단임이 밝혀졌다.

"무량수불, 잠시 서 주시겠습니까?"

도호를 외운 도사와 속인 수십 명이 세영 일행을 가로막고 나섰다.

"무, 무슨 일이십니까?"

앞으로 나선 것은 의외로 백울이었다.

추노꾼을 하니 몽고 치세의 땅과 남송의 땅을 수도 없이 넘나들었던 경험을 가지고 있었기 때문이다.

"이쪽으로 몽고의 첩자들이 내려온다는 전갈을 받고 그들을 색출하기 위해 나와 있는 무당의 제자들입니다. 잠시 협조하여 주시기 바랍니다."

"처, 첩자……."

당황한 백울이 세영을 돌아보았다. 저래서야 자신들이 첩자라고 인정하는 꼴이었다. 경험이 많다기에 내세운 것이 실수였던 모양이다. 혀를 낮게 찬 세영이 앞으로 나섰다.

"쯧, 아예 광고를 해라, 광고를."

그 말을 인정으로 받아들였는지 무당 도사의 눈가에 어린 긴장이 높아졌다.

그리고 뒤에 늘어선 이들 중에선 벌써 검병에 손을 얹은 자들도 보였다.

그걸 본 세영의 첫마디가 사나웠다.

"왜? 한번 해보게?"

"몽고의 첩자가 맞다면 그냥 보내 드릴 순 없겠소이다."

"첩자는 무슨……. 그냥 죄인 하나 압송하러 온 거야. 그러니 쓸데없이 피 보지 말고 비키지?"

"몽고의 죄인이라면 남송엔 충신. 그렇게 둘 수 없소이다."

도사의 말에 세영이 발끈하려는 것을 당홍이 제지했다.

"무당과 척을 지고 강호에서 살아가긴 쉽지 않아."

"강호는 무슨……. 그럼 관인이 파락호 앞에서 기라도 죽으란 거야?"

"그 참… 내세울 때와 그러지 않을 때를 구별해야지."

세영에게 통박을 준 당홍이 앞으로 나섰다.

"왜 무당이 길을 막고 있는지는 몰라도 좋은 게 좋은 거라고, 그냥 헤어집시다."

부탁조인 당홍의 말에 무당의 도사는 가볍게 포권을 취했다.

"무당의 인수가 철환신왕 선배를 뵈옵니다."

순간 당홍의 안색이 굳었다.

"날… 아시오?"

"내려오는 이들의 신병에 대해선 이미 통보를 받았습니다."

자신을 인수라 밝힌 도사의 말에 당홍이 세영을 돌아봤다. 그런 그의 눈빛은 하나의 말을 담고 있었다.

'정보가 샜다.'

세영도 같은 생각이었는지 표정이 굳어졌다. 그런 그에게서 시선을 돌린 당홍이 자신들의 앞을 가로막고 있는 도사에게 물었다.

"인수 진인이라 하셨소?"

"예, 대협."

"통보… 받았다 하셨소?"

"예, 궁가방에서 알려 왔습니다. 점창에 가신다고요? 낙영검존께서 무당으로 오고 계십니다. 그분과의 약속이라면 본 문에서 기다리시는 것이 어떠하시냐고 문주께서 청하셨습니다."

"흠……."

당홍의 침음이 깊었다.

이건 정보가 샌 정도가 아니라 아예 함정이나 진배없다.

다시 자신을 돌아보는 그의 시선에서 저항 불가의 의지를 읽은 세영이 나섰다.

"막겠다면 베고 갈 수밖에 없다."

"무량수불… 빈도를 베고 가는 것은 어렵지 않으시겠으

나, 이번 일은 본 문의 황경당주께서도 관심을 가지고 계신 일이라는 것을 말씀드리겠습니다."

 황경당주, 별거 아닌 것 같아도 그 무게는 만근이다.

 당금 무당의 황경당주가 바로 천하제일인에 가장 근접한 절대쌍웅 중 한 명이기 때문이다.

 별호는 무극검웅(無極劍雄). 마교의 패도마웅(覇道魔雄)을 제외하곤 막아설 이가 없다는 존재였다.

 얼마나 유명한 이름인지 강호를 무뢰배 집단이라 매도하길 주저 않는 세영조차 귀에 딱지가 앉도록 들어 보았던 이름이었다.

 "빌어먹을, 위협이로군."

 투덜거리며 자신을 바라보는 세영에게 당홍이 고개를 저어 보였다.

 항거 불능이다. 여기서 모면한다고 끝날 일이 아니었던 것이다.

 결국 세영과 일행은 인수 진인의 안내를 받아 무당으로 발길을 돌렸다.

 한참 동안 내려왔던 길을 거꾸로 거슬러 올라가게 된 셈이었다.

제54장
무당을 가다

 강호에서 무당을 거론할 때 가장 먼저 나오는 소리가 중원 도량의 중심이란 말이다.
 도가 계열 문파들의 중심축을 무당이 감당하고 있기 때문이다.
 그것은 소림이 중원 불가 문파의 중심을 담당하는 것과 일맥상통한다.
 불가 무공과 도교 무공이 중원 무림에서 갖는 범위와 위치를 참고하면, 이 두 문파가 사실상 중원 무림의 5할 이상을 좌지우지한다고 해도 과언이 아니었다.
 그래서 '북소림남무당'이라는 말도 회자되는 것이고.
 그 무당으로 세영과 일행이 들어섰다.

"칼을 풀어 놓으시지요."
"못해!"
"이것은 무당에 대한 예의입니다."
"뭔 놈의 예의가 강제적이야. 뒈지면 뒈졌지, 칼은 못 풀어."

버티는 세영을 인수 진인은 곤혹스런 표정으로 바라보았다.

기껏 잘 따라와서는 무기 때문에 실랑이를 벌이다니 좀처럼 이해를 할 수가 없었다.

그러다 보니 자연스럽게 그의 음성이 높아졌다.

"하면 무당을 업신여기겠다는 말씀이십니까?"
"어쭈! 목소리가 크다? 네 구역이다, 이거야?"
"도우!"
"내가 왜 네 친구야! 난 너 같은 친구 둔 적 없어!"
"이익!"

발끈하는 인수 진인의 귀로 익숙한 음성이 들려온 것은 바로 그때였다.

"도대체 무슨 일이기에 해검지에서 고성을 내는 것인가?"
"아! 인후 사형!"

유달리 반가워하는 인수 진인의 음성에 두 사람의 다툼을 멀건이 바라보고 있던 당홍의 표정이 굳었다.

그런 그의 시선을 받으며 해검지로 다가선 이는 청수한

인상의 도사였다.

그가 인수 진인에게 말했다.

"인수 사제로군. 그래, 무슨 일이기에 무당의 성지에서 고성을 내는 겐가?"

"그게… 해검을 거부하는 터라……."

인수 진인의 답에 시선을 돌리던 인후 진인이 당홍을 보고는 포권을 취했다.

"인후가 당 대협께 인사를 드립니다."

"당 모가 인후 진인을 뵈오이다."

인후 진인, 백대고수에 속하는 자로 무림에서의 별호는 삼절검유(三絶劍柳)다.

무당의 4대 검법 중 하나인 삼절황(三絶皇)을 극성으로 익힌 그는 무당에선 두 번째 손가락에 꼽히는 고수였다.

그런 그와 당홍은 강호의 배분상 동급이었다.

당홍의 선친과 인후 진인의 선사가 친우의 예로 지냈었기 때문이다.

그때만 해도 당가는 정파로 인정받고 있을 때였으니까.

두 사람의 인사가 마무리되자 인후 진인이 나지막한 음성으로 말을 이었다.

"당 대협께서 무당에 창피를 주고 싶으셨던 모양입니다."

"무슨 그런 말을……. 어차피 검을 가지고 있지도 않은 노부외다."

당홍의 말에 인후 진인의 시선은 자연스럽게 세영에게 향했다.

그럴 수밖에 없는 것이 황렬은 맨손이었고, 양후와 거패는 해검지에 오자마자 도와 도끼를 내려놓았다.

하북삼흉과 살마는 두말할 것도 없다.

그들은 최대한 미움을 받지 않기 위해 노력하고 있었으니까.

그들의 입장에선 아무리 이유가 있다곤 하나 살인을 밥 먹듯 했던 자신들을 무당이 그냥 놓아 보낼지 장담할 수 없었던 것이다.

그러니 최대한 꼬투리 잡히지 않기 위해 노력할 수밖에 없었다.

"도우께서는……."

"이것들은 뻑하면 친구래? 너, 나 알아?"

세영의 막말에 인후 진인의 눈썹이 꿈틀거렸다.

자신의 제자보다 어려 보이는 작자가 반말에 막말이니 분노가 치밀었던 것이다.

"입이 험한 도우이시구려."

"끝까지 친구라고 우기네. 좋아, 내가 당신 친구라고 치자고. 세상에 강제로 무기 뺏는 친구도 있나?"

"험험, 해검지는 무당에 대한 예우로 수백 년간……."

"아아, 수백 년이든 수천 년이든 난 이 칼 못 풀어. 이 칼

풀었다가 사부한테 걸리면 난 죽음이란 말이야."

"이 칼은 사문에 대대로……."
"사부, 그 칼… 저번 달에 저자 나가서 사 온 거 아니우?"
"…대대로 내려온 쌈짓돈으로 산 칼로, 이 사부가 네게 특별히 내리는 검이니 절대로 허리에서 풀어 놓으면 아니 되느니라."
"왜요?"
"사부가 사 준 칼이니까!"
"그럼 저기 태사부가 사 줬다는 사부 칼은 왜 부엌에 있는 거유?"
"그, 그거야 이 사부가 검이 필요 없는 경지에……."
"그래서 어제 곰 잡는다고 칼 들고 나가… 아야! 왜 때려요?"
"말대답 한 번만 더 하면 오늘도 자유 대련이니 그리 알아!"
"……."
입을 삐죽대는 자신에게 사부가 분명히 말했다.
"다시 말하지만, 잘 때 빼고 칼 풀어 놓은 거 걸렸다간 그 날이 네놈 숟가락 놓는 날인 줄 알아!"

그날 이후로 칼을 놓아 본 적이 없다.

충주 산성에서도, 고려에서도, 그리고 이역만리 중원에 와서도.

그건 사부와의 약속이자 믿음이었다.

"그게 무슨……?"

의아한 표정으로 묻는 인후 진인에게 세영이 답했다.

"아아, 그걸 설명할 생각은 없어. 여하간 못 풀어!"

"정녕 관을 보아야 눈물을 흘릴……."

"관? 도사라는 작자가 대낮에 협박을 해?"

"혀, 협박이라니!"

"관을 보아야겠냐면서? 산 사람이 관 보는 경우가 있어? 그건 죽이겠다는 거잖아? 이거 이제 보니 아주 흉악한 인간일세!"

세영의 억지에 얼굴이 시뻘겋게 변한 인후 진인이 불같이 노했다.

"정녕 말로는 안 될 자로다!"

"그럼 말로 하지 말든가."

세영의 도발에 한 걸음 앞으로 나서는 인후 진인의 앞으로 당홍이 끼어들었다.

"자자, 서로 화기를 해칠 이유는 없다고 보오만."

"당 대협께선 저 말을 듣고도 참으라 말씀하시는 것이외까?"

"거참… 다퉈 봐야 좋은 꼴은 보지 못할 것이기에 드리는 말씀이외다."
"그 말씀은… 당 대협이 끼어들겠다는 말씀이시오?"
"그럴 리가 있소이까? 그저 상대가 관인이기도 하고……."
"무당은 몽고를 나라로 둔 적이 없소이다."

그 말에 발끈해서 나서려는 지현을 막야가 얼른 막아섰다.

괜히 몽고의 고관이 끼어 있다고 광고할 필요가 없었기 때문이다.

여긴 어쨌건 간에 남송의 땅이었으니까.

"허허, 이거 참……."

당황스러워하는 당홍에게 인후 진인이 말했다.

"관여할 생각이 아니라면 당 대협께선 비켜 주시겠소이까?"

당홍은 정말로 난감했다. 자신이 가로막고 나선 것이 세영을 위해서가 아니었기 때문이다.

"당 대협!"

거듭된 인후 진인의 음성에 그가 곤혹스런 얼굴로 물러났다.

❈ ❈ ❈

인명 진인은 무당의 역대 장문인들 중 가장 느긋하다는

평가를 받는 이였다.

하지만 일부에선 그의 느긋함을 우유부단이라 평하기도 했다.

역대 최강이라 불려도 좋을 정도의 성세를 가지고 있음에도 안으로는 몰락한 소림을 넘어서려 하지 않았고, 밖으로는 오대세가가 주도권을 쥐기 위해 노력하는 백도맹조차 방관하고 있었다.

그런 인명 진인이 귀한 손님을 맞고 있었다.

"장문께서 이리 친히 맞아 주시니 고마울 따름입니다."

"낙영검존께서 어려운 발걸음을 하셨는데 당연한 일이지요. 그나저나 귀 파의 장문께서는 무탈하십니까?"

"예, 덕분에 잘 계십니다. 폐문의 장문께서도 진인께 인사를 여쭈어 달라 청하셨습니다."

"고마운 일입니다. 감사하다 전해 주십시오."

"그리하겠습니다. 한데 제가 이리 앉아 있어도 되는지 모르겠습니다."

"무슨… 말씀이신지?"

"무극검웅 사백께 인사를 드려야 하지 않을지……?"

"아! 사백께서는 지금 손님을 맞고 계십니다."

"손님이라… 어느 고인께서 방문을 하셨기에 무극검웅께서 직접……?"

낙영검존의 물음에 인명 진인이 묘한 미소를 지었다.

"빈도도 잘 모르는 분이십니다. 말씀으로는… 스승과 같은 분이라시는데……."

솔직히 인명 진인이 보기엔 손님이 더 어려 보였다.

거기다 천하에 두려울 것이 없다는 사백이, 무당의 자존심이 연신 고개를 조아리는 것도 마뜩치 않았다.

그러니 손님에 대해 깊고, 길게 이야기하고 싶지 않았다.

"하오면 인사는 어찌……?"

"연통을 넣어 놓을 터이니 잠시만 기다리시지요."

인명 진인의 말에 낙영검존이 미소를 그렸다.

"그리하지요. 하면 그동안 장문께 폐를 끼쳐야 하겠습니다."

"폐라니요, 그 무슨 가당치 않은 말씀을……."

선한 미소를 짓는 인명 진인에게 낙영검존이 물었다.

"그나저나 놈은 아직 오지 않은 모양입니다."

"예, 아직……. 하나 인수 사제가 나갔으니 늦지 않게 인도해 올 것입니다."

"인수 진인께서……. 빈도의 일로 무당에 괜한 노고를 끼칩니다."

"무슨 그런 말씀을… 도량은 모두 하나이니, 점창의 일이 곧 무당의 일이 아니겠습니까? 그리 말씀하시면 서운합니다."

"하하, 이거… 빈도가 실언을 하였습니다."

제법 화기애애하던 분위기는 다급한 무당 제자의 음성으로 깨어졌다.

"자, 장문인! 제자 진명이옵니다!"

문 밖에서 들리는 음성에 인명 진인이 물었다.

"무슨 일이더냐?"

"그, 그것이… 해검지에서 문제가 생겼습니다."

그 말이 끝나기 무섭게 인명 진인이 문을 열고 나갔다.

"해검지에서 문제라니, 무슨 문제란 말이더냐?"

"그, 그게… 해검을 거부하는 이가 난동을……."

"진무전에선 무얼 하기에 그런 소란이 나도록 두었다더냐? 속히 진무전주에게 알려 해결하도록 하여라."

"그, 그것이… 진무전주께오선 지금 의, 의당으로 옮겨지는 중이옵니다."

제자의 답에 인명 진인의 눈썹이 꿈틀거렸다.

"인후 사제가 의당으로?"

"예."

"아니, 왜?"

"해검을 거부하는 이와의 충돌로 부상을 입으시고……."

제자의 말에 인명 진인이 어느새 곁에 선 낙영검존을 힐끗거렸다.

자파의 2인자가 외인에게 당해 의당으로 향했다. 문제도 이만하면 문파의 수치였다.

"험험. 그, 그래서 어찌 대처하고 있다더냐?"
"진무칠검(眞武七劍)이 막고 있사온데……."
제자의 보고를 새로운 음성이 끊어 냈다.
"장문인!"
다급성에 시선을 돌리니 진무전을 뜻하는 황색 도복을 차려입은 제자가 황급히 다가와 포권을 취했다.
"장문인을 뵈옵니다."
"진무전에서 오는 길인가?"
"예, 장문인."
새로 달려온 제자에게 인명 진인이 물었다.
"그래, 난동을 부린다는 자… 제압은 하였는가?"
"그, 그게……."
"지금 제압하였다는 보고를 하려고 온 것이 아니었던가?"
"그, 그것이… 진무칠검이 깨어지고, 신문십삼검(神門十三劍)이 나서서……."
"시, 신문십삼검!"
"예, 장문인."
진무칠검이 진무전 최고의 고수들이라면 신문십삼검은 무당의 숨겨진 힘이다.
이들 열셋이면 진무전 1백 검수들과 자웅을 겨루어도 밀리지 않을 정도로 뛰어난 검객들이었다.
그런 그들의 임무는 무당 산문의 수호.

그런 신문십삼검이 나섰다는 것은 무당 산문이 깨어질 위기였다는 것을 뜻했다.

그것은 난동을 부린 자가 그저 그런 인사가 아니라는 의미였다.

"넌 이 길로 황경당으로 달려가 황경당주께 사실을 아뢰고 도움을 청하라."

"화, 황경당으로 말이옵니까?"

당황하는 진무전의 제자에게 인명 진인이 단호하게 명했다.

"그래, 내가 급히 청하더란다고 말씀 올리거라."

"예, 예! 장문!"

크게 답한 진무전의 제자가 황급히 황경당이 있는 산봉우리로 뛰어갔다.

그리고 그 모습을 확인한 인명 진인이 처음 보고를 올리러 온 제자에게 명했다.

"넌 즉시 장로들을 소집하여 해검지로 오라."

"예, 장문!"

그마저 명을 받고 달려가자 인명 진인이 장문실을 나섰다. 그런 그를 따라 문지방에서 내려선 낙영검존이 물었다.

"무당의 일에 이 몸이 끼어들어도 될지는 모르겠습니다만… 빈도가 먼저 가 보면 어떠하올지……?"

불감청고소원이다. 그렇지 않아도 가 줄 수 있느냐고 부탁하고 싶은 것을 꾹 참고 있던 인명 진인은 낙영검존의 물음에 크게 고개를 끄덕였다.

"그리해 주신다면 감사할 따름입니다."

"그럼 빈도가 먼저……."

그 말의 여운이 채 가시기도 전에 낙영검존의 신형은 인명 진인의 곁에서 사라지고 없었다.

❀   ❀   ❀

좁은 봉우리 정상부에 지어진 작은 사당이었다.

진무대제를 모시는 이 작은 사당이 당금 강호에서 신성시되는 것은, 천하제일인에 가장 가깝다는 두 절대자 중 한 명이 머물고 있었기 때문이다.

그 황경당에서 다소 생소한 음성이 들려왔다.

"미친놈! 네놈이 어렸을 적부터 사부 말을 귓구녕으로 안 듣고 똥구녕으로 흘려듣더니 이 꼴인 게야."

"그러니 소질이 이리 불민한 것이 아니겠습니까? 사백께서는 이 불민한 사질을 위해 가르침을 주십시오."

"가르침은 무슨 얼어 죽을……. 이제 같이 늙어 가는 주제에 뭘 더 배우려 해! 그냥 버려. 완벽해지고자 하는 것도 미련이고 집착이니."

"사백……?"

"그리 처량히 쳐다보아도 소용없어. 몸이 삭고 있는 놈에게 가르쳐 줄 만한 것도 아니고. 그러니 팔팔할 때 잘 배우지 그랬어, 이 미련한 놈아."

낡은 승복을 걸친 작달막한 노승려의 막말에, 청수한 인상의 노도사는 아쉬운 얼굴을 감추지 못했다.

"정녕 이 몸으로는 아니 되는 것입니까?"

"나뭇가지로 쇠를 자르려 들지 마라. 이치에 어긋나는 일이니 혹여 성공한다 해도 순리를 거스르는 것이다."

"순리를 거스른다 해도 강호의 안녕을 위해서라면……."

"네놈 따위가 세상을 지탱한다는 그 어쭙잖은 생각을 버려."

"하오나 사백, 마도에 그 간악한 놈이 건재하게 들어앉아 있는 이상은……."

"그 자식도 기 다 죽었더라."

노승의 말에 노도사가 물었다.

"만나… 보셨습니까?"

"그놈들 술 창고에 좋은 술이 많으니까."

"곡차 때문에 그리 먼저 가셨었다는 말씀이십니까?"

"곡차는 무슨… 술을 술이라 못하고 곡차라 부르는 것만으로도 이미 창피함을 아는 것이니, 마음에 이미 사특함이 있다 할 것이다. 그럴 것이면 아예 먹질 말든가."

늙은 승려의 말에 노도사가 얼굴을 붉혔다.

"사백의 말씀엔 언제나 깊은 가르침을 받습니다."
"지랄 떠는 건 네놈 사부와 같구나."
늙은 승려의 말에 노도사는 희미하게 미소 지었다.
"사부께서 계셨다면… 정말 좋아하셨을 터인데……."
"좋아하긴, 제 놈 술 축내러 왔다고 구박이나 하지 않으면 다행이지."
술을 두고 눈앞의 노승려와 자신의 사부가 아웅다웅하던 모습이 선했다.
항상 근엄하던 사부가 눈앞의 노승을 맞으면 언제나 어린 개구쟁이같이 행동했다.
그건 숨길 것 없이 다 드러내도 좋은 지기에 대한 믿음이었다.
그 훈훈했던 광경이 마치 엊그제의 일 같은데, 어느새 20년도 더 지나간 추억이 되어 버렸다.
"그래도 이렇게 사백이 찾아 주시니 감사드릴 따름입니다."
"그런 놈이 술 한 병 안 내놓았더냐?"
"하하하, 어찌 소질이 그리하겠습니까? 혹시나 하여 준비해 둔 술이 적지 않으니 밤을 새워 대접할 것입니다."
"네놈이 어른 공경은 잘하지. 그걸 보면 난 제자 놈을 너무 오냐오냐 해서 키운 게야. 사부에 대한 공경이라곤 눈을 씻고 찾아봐도 없으니……."

노승의 말에 노도사의 눈이 커졌다.
"제자를 두셨습니까?"
"뭐, 어쩌다 보니······."
 마지막 보았을 때까지도 제자를 두지 않았던 노승이었다. 사질 격이었던 자신조차 사손을 보았을 때인데도 말이다.
 노승의 뛰어난 무예가 단승 될까 아쉬워한 사부의 물음에 노승은 후대에 물려줄 생각이 없다 했었다.
 그랬던 사람이 갑자기 무슨 이유로······.
"사백의 결심을 뒤집을 만큼 뛰어난 기재였던 모양입니다?"
"기재는 무슨, 피가 덕지덕지한 인생이었지."
"예?"
"그런 게 있어. 에잉, 괜히 그놈 말은 꺼내서는··· 술맛 다 떨어졌다. 예서 하루 이틀 묵어도 되는 게냐?"
 좋은 술이라면 천 리도 멀다 않던 노승이 술을 거부했다. 그런 노승의 눈에서 그리움을 발견한 노도사가 작게 미소 지었다.
"좋은 제자였던 모양입니다."
"좋은 제자는 무슨··· 사부 알기를 개똥같이 알던 놈이라니까."
 그 말끝에 밟히는 음성은 입적하기 전의 사부가 자신을 걱정하던 것과 닮아 있었다.

"어떤 사제인지 소질도 꼭 보고 싶군요."

"봐야 우습지도 않을게다. 자칫 네놈 수염이 홀랑 뽑힐지도 모르고."

험담 속에 감춰진 자부심이고, 자랑이었다.

눈앞의 노도사, 천하의 무극검웅의 수염을 뽑을 거라 장담할 정도로……

"더 보고 싶군요."

"내 죽기 전에 다시 볼 수나 있을지 모르겠다."

서쪽 하늘에 유난히 핏기가 많이 돌아 다 가르치지도 못한 제자를 내팽개쳐 두고 달려온 중원이었다.

3년 넘게 중원 천하를 뒤졌지만 하늘을 채울 정도의 핏기를 뿌려 대는 놈은 찾지 못했다.

제일 먼저 마교로 달려갔던 건, 성질이 고약했던 친우 놈이 연성 중 미쳤나 싶어서였다.

하지만 결과는 그저 기우에 불과했다. 겉멋만 잔뜩 든 제자 놈만 남겨 둔 채 친우 놈은 이미 명운을 달리하고 있었기 때문이다.

내친 김에 술을 좋아했던 다른 친우를 찾아왔더니 그놈도 명줄을 놓았단다.

그나마 남겨 둔 제자 놈이 반듯하긴 한데 불행히도 명줄이 거의 다 타 버렸다.

자신의 능력을 넘는 연공을 억지로 한 까닭이었다.

왜 그래야 했는지 이유는 알겠지만 안타까웠다.

조금만 일찍 왔다면 도울 수도 있으련만… 그러기엔 친우의 제자 놈이 너무 늦었다.

이제 친우라고 불리던 놈은 하나밖에 남지 않았다.

일신만이 아니라 문파의 명예도 다 팽개치고 몸을 숨긴 채 중원 강호를 지키던 우직한 놈이.

예서 먼저 간 친우 놈의 향기나 조금 맡다 그놈에게 가 볼 요량이었다.

설마 그놈까지 떠났다면… 다시 홀로 막막히 천기에 핏빛을 드리우는 놈을 찾아봐야 할 것이다.

자신이 천년만년 살아 있을 수 있는 영생 불사의 존재가 아닌 이상, 그러고 다니다 보면… 제자 놈은 다시 보지 못할 수도 있었다.

그놈의 불한당 같은 대거리도, 그놈이 새벽부터 정성껏 지어 올리던 밥도, 밤이면 몰래 주물러 주던 안마도, 가끔 혼동된 척 아버지라 불러 주던 그 정겨운 부름도…….

'씨이…….'

노승은 괜스레 물기 어린 눈가를 비비적거렸다.

그렇게 그리움에 물든 노승을 바라보며 무극검웅은 이 강인한 무인의 마음에 깊은 애정을 심어 준 이가 궁금했다.

그에 대해 조금 더 물으려던 찰나, 다급한 발소리가 들리더니 이내 제자의 음성이 들려왔다.

"태, 태사조님!"

제자의 부름에 노승에게 고개를 숙여 양해를 구한 무극검웅이 문을 열었다.

덜컥-

"무슨 일이더냐?"

"자, 장문께오서 급히 해검지로 오십사 청하셨습니다."

"해검지로……? 연유가 무엇이라더냐?"

"그, 그것이……."

곧바로 답을 못하고 흘깃 방 안에 비스듬히 누운 노승을 바라보는 제자에게 무극검웅이 말했다.

"외인이 아니시다. 하니 속히 고하라."

"해검지에서 외인이 난동을 부려 진무전주께서 나서셨으나……."

"그랬으면 되었지, 나는 왜?"

"그게… 진무전주께선 이미 의당으로 실려 가셨고, 진무칠검도 깨어진 것으로 아옵니다."

제자의 말이 끝났을 때, 이미 무극검웅의 신형은 보이지 않았다.

그렇게 그가 사라진 황경당에서 슬그머니 나온 노승이 무당의 제자에게 물었다.

"해검지가 어디뇨?"

"예?"

"해검지 말이다."
"그, 그거야 무당산의 초입에……."
"구경거리가 있는 모양인데 안내해 보거라."
노승의 말에 무당의 제자는 공손히 고개를 숙였다.

❈   ❈   ❈

무극검웅이 날듯이 날아와서 본 것은 피투성이가 되어 일어서는 약관의 청년과 그 앞에 버티고 선 낙영검존의 모습이었다.
"덤벼, 새꺄!"
"이런 천둥벌거숭이 같은!"
분노의 외침을 토한 낙영검존의 검이 청년에게 쇄도했다.
쾌검의 일종인 낙영비화검법의 검로를 따른 낙영검존의 검이 허공에서 자취를 감췄다.
속도를 따라가지 못한 잔상이 허공 속에서 흩어진 것이다.
보이지 않는 것을 막을 수는 없다.
한데…
깡!
쇳소리가 울리고 낙영검존이 뒤로 밀렸다.
그 기회를 틈타 약관의 청년, 세영이 튀어나왔다.

까강!

두 번의 쇳소리.

마치 도끼로 나무를 패듯 직도 양단의 수법으로 두들기는 세영의 검속이 굉장히 빠르다.

그가 가장 처음 익힌 검예가 섬검인 까닭이다. 속도라면 뒤질 것이 없었다.

파괴력? 심상 고리가 7개가 된 이후 속도가 빨라진 만큼 파괴력도 늘었다.

다만…

그각, 파핏!

핏줄기가 튀고, 앞으로 밀고 나오던 세영이 뒤로 뛰었다. 가늘게 가슴을 베고 지나간 칼자국을 따라 피가 흘렀다.

검강이다. 그것도 마치 채찍처럼 휘어지는 검강.

세상에서 편강이란 말이 없는 것은 강기가 휘어지는 속성을 가지고 있지 않기 때문이다.

그럼에도 휘어진다는 것은… 이미 자연의 법칙을 뛰어넘는 능력을 가졌다는 뜻이다.

"빌어먹을!"

쓸데없는 능력이라 생각했던 강기에 당하고 있었다.

칼에 덮어씌운 강기 따윈 문제가 아니다. 자신의 검에 불어넣은 자연지기도 검강에 밀리지 않으니까.

하지만 강기가 마음대로 휘어지면서 이야기가 달라졌다.

사각에서 마음대로 자신을 후려칠 수 있었던 까닭이다. 그것이 세영이 낙영검존에게 일방적으로 밀리는 이유였다.

'빌어먹을? 정작 빌어먹을 건 본 도인 것을!'

세영이 분노하고 있었지만 정작 미치고 팔짝 뛰겠는 건 낙영검존이었다.

그의 비기는 누구도 쉽게 따라올 수 없는 검속이었다.

점창의 쾌검들 중에서 최고의 속도는 단연코 분광검법이다.

하지만 그것은 너무나 직선적이다. 직선의 빠름은 간파가 쉽고 그만큼 막기가 용이하다.

그걸 보완한 것이 사일검법이었다. 빛 속에 검신을 숨겨 환의 묘리를 섞은 사일검법은 한때 중원 최강의 쾌검이었다.

그렇지만 이런 눈속임은 어느 경지 이상에선 통하지 않는다.

그래서 만들어진 것이 바로 낙영비화검법이다. 다시 말해, 쾌검 제일문이라 불리는 점창의 정수가 모조리 녹아 있는 검법이 바로 낙영비화검법인 것이다.

창안한 사조께서 떨어지는 꽃잎을 보고 만들었다던가?

그래서 낙영비화검법의 검로는 직선이 아니라 곡선이다.

그것도 마음대로 흔들리는 곡선.

그러면서도 분광검에 필적하는 속도를 가진다. 사실상 막을 수 없는 검법인 것이다.

한데 그게 모조리 막히고 있었다. 때론 뒤늦게 시작한 상대의 검이 낙영비화검의 초식을 막기도 한다.

강기를 적절히 섞지 못했다면, 상대에게 선공의 기회를 제공했다면, 자칫 낭패를 면할 수 없었을 정도로 상대의 검은 빠르고 사나웠다.

"흠……."

그런 두 사람의 충돌을 무극검웅은 한참 동안 지켜보았다.

이유는 하나였다. 흥분!

약관에 불과한 청년의 투기가 그의 가슴을 뛰게 만들었다. 천하제일 쾌검이라는 낙영비화검법을 후발제인으로 막아서는 청년의 검법에 시선을 빼앗겼다.

자꾸 허리 어림에 매인 검으로 내려가는 손을 제어하는 게 어려울 정도였다.

그러던 와중이었다.

쎄엑- 서걱!

낙영검존의 어깨에서 피가 튀었다.

반 촌이었다. 검로가 틀어진 것은.

얼마나 작은 틈인지 저만치서 바라보던 당홍이 자신의 순간적인 비세를 의아한 표정으로 바라볼 정도였다.

그런 작은 틈을 코앞에서 치고 박던 놈이 순식간에 치고 들어왔다.

 그건······.

 '읽어? 낙영비화검법의 검로를?'

 소름이 팔뚝에 일고, 식은땀이 등줄기를 타고 흘렀다.

 '살려 두면 낙영비화검법의 검로가 누출된다.'

 위기감이 들자 살심이 일었다. 적당히가 사라지면서 낙영검존의 전신으로 폭발할 것 같은 기세가 뿜어져 나왔다.

 그 기세가 얼마나 사나웠던지, 뒤에서 관망하던 무극검옹의 눈이 커질 정도였다.

 그렇게 낙영검존은 자신이 가진 모든 것을 쏟아부어 허공에 선을 그렸다.

 잔인하고 포악하며 무섭도록 빠른 선을.

 쒜엑-

 급변한 상대의 기도에 긴장하고 있던 세영의 눈이 가늘어졌다.

 비척-

 발을 묘하게 비틀고, 허리를 반대로 비틀었다.

 순간 주변의 자연지기가 요동쳤다.

 자신이 쓸 수 있는 양을 한참 넘은 자연지기가 세영의 의도에 반응했다.

 주르륵.

 입가로 피가 흘렀다. 그걸 닦을 시간 따윈 존재하지도 않왔다.

 세영은 자신이 태어나서 가장 빠르게, 그리고 가장 강력하게 검을 휘둘렀다.

 쉬익-

 쳇소리가 아니라 바람 소리다.

 '빌어먹을! 놓쳤다!'

 세영의 눈이 암울하게 물들었다. 그가 펼친 섬검의 검속보다 상대의 검속이 빨랐던 것이다.

 그렇게 세영의 저항을 뚫고 들어온 검이 그의 코앞에서 불쑥 튀어나왔다.

 죽음을 직감하던 세영의 눈이 부릅떠졌다.

 '쳇, 죽을 때 되니까 헛것이 다 보이는구만.'

 그의 상념을 뚫고 낙영검존의 검이 쇄도해 들었다.

제55장
가출한 스승을 만나다

제3장

기둥 그늘 밟으며

 세영의 눈앞에서 불똥이 번쩍인 바로 그 순간이었다.
 꽝! 콰앙-!
 "커헉!"
 "큭!"
 두 번의 굉음, 그리고 두 개의 신음.
 그 끝에 나가떨어진 세영과, 강력한 외부의 힘에 떠밀려 휘청이는 낙영검존의 모습이 있었다.
 낙영비화검법 최후의 비기를 막아선 개입자를 찾는 낙영검존의 시선으로 작달막한 노승이 허겁지겁 달려오는 것이 보였다.
 "어이쿠, 내 새끼!"

정신을 잃고 널브러진 세영을 안아 든 노승, 담운 선사가 피로 물든 그의 얼굴을 닦았다.
"내 금쪽같은 새끼를 누가… 너, 이 호로 잡놈의 새끼!"
 쪽 찢어진 눈으로 노려보는 담운 선사의 눈빛에 낙영검존이 흠칫 뒷걸음을 쳤다.
 자신도 모르게 물러선 그가 해연히 놀란 표정으로 신형을 세웠다.
'겁을 먹어? 천하의 나 낙영검존이? 이, 이런 빌어먹을 땡중이!'
"어쭈! 이 새끼가 어따 눈을 흘기고 지랄이야! 눈깔을 확 파 버릴까 보다!"
 볼품없는 작은 체구, 그런 노승의 악다구니에 낙영검존이 눈살을 구기며 호통쳤다.
"감히!"
"감히? 이런 싸가지 없는 새끼!"
 쾅-!
 뭔가 번쩍한다고 느낀 순간, 낙영검존이 저만치 날아가 뒹굴고 있었다.
 우당탕탕!
 한참을 굴러간 낙영검존은 잠시 꿈틀거리더니 축 늘어졌다. 그에 놀란 무극검웅이 다가가 상태를 살피곤 인근에 몰려 있던 무당의 제자를 불렀다.

"속히 낙영검존을 의당으로 뫼셔라."

치료를 받을 정도는 아니다. 한 대 얻어맞고 기절한 것이니까.

그렇다고 이리 놔둘 수도 없는 데다, 계속 여기에 있어 봐야 좋을 것이 없다고 판단한 것이다.

이내 몇몇 무당 제자들이 달려와 낙영검존을 둘러업고 무당의 경내로 달려가자, 무극검웅이 세영을 끌어안고 연신 얼굴을 쓰다듬는 담운 선사에게 다가갔다.

"사백……."

조심스럽게 묻는 무극검웅을 돌아보는 담운 선사의 눈빛이 날카로웠다.

"사, 사백……?"

그 눈빛에 움츠러드는 무극검웅. 그에게 담운 선사가 힐난을 퍼부었다.

"너 이 새끼! 내 새끼가 이 지경되었는데 구경만 했지?"

"그, 그게… 사, 사제인지 몰라서……."

"몰라? 딱 봐도 애가 한칼 하게 생겼잖아! 너, 나이 스물하나에 이만큼 하는 놈이 흔하다고 생각해?"

"스, 스물하나요?"

"그럼 애가 서른하나처럼 생겼냐?"

"그, 그건 아닙니다만……."

"시끄럽고, 이 정도 하는 놈이면 딱 내 새낀 줄 알아봤어야지!"

"소, 송구합니다……."

"됐고, 너 약 있지?"

"약… 의당에 가면……."

"풀떼기 말고 약 말이다, 약!"

"어떤……."

"태청단인가? 그거 말이다."

태청단, 한 알만으로도 30년의 내공을 얻을 수 있고, 끊어진 심맥을 잇고, 부서진 뼈를 살린다.

그 강력한 효과 덕에 강호 무상지보 서열 2위에 올라 있는 신단이다.

물론, 부동의 1위는 소림의 보물로 불리는 대환단이다.

하지만 그건 강호 세인들의 입방정일 뿐이고, 단순히 효력으로만 따지면 태청단이나 대환단이나 별달리 차이가 없다.

그건 과거에 몰래 훔쳐 먹어 본 담운 선사가 보증할 수 있었다.

"태, 태청단이요?"

놀라는 무극검웅을 바라보는 담운 선사의 눈매가 가늘어졌다.

"없다느니, 장로 회의의 결의를 거쳐야 하느니 따위의 헛소리를 늘어놓았다간, 나 절대로 그냥 안 있는다."

"사, 사백……."
"가져와, 약!"
손을 내미는 그의 모습에 무극검웅은 당황스러운 표정을 감추지 못했다.

장문인의 허락은 받아야 하니 시간이 좀 걸린다는 설득 끝에 세영을 의당으로 옮긴 무극검웅은 담운 선사와 함께 의당주의 진료 소견을 듣고 있었다.
"상처는 많지만 치명상은 없습니다. 며칠 정양하면 나을 겁니다. 문제는 여기 옆머리의 상처인데… 상흔으로 보아선 검 같은 날 무기가 아닌 흉기, 그러니까 몽둥이나 돌멩이 같은 것에 얻어맞은 상처로… 정신을 잃은 것은 그 충격 때문으로 사료됩니다."
의당주의 말에 무극검웅이 슬쩍 담운 선사를 바라보았다. 그에 담운 선사가 중얼거렸다.
"어, 어쩔 수 없었다고. 당장 치우지 않으면 칼 맞게 생겼었으니까……."
마치 구슬치기처럼 돌멩이를 던져 세영을 낙영검존의 칼 앞에서 빼낸 것이 바로 담운 선사였던 것이다.
그것으로도 안심이 안 되서 낙영검존의 검로를 비틀어 놓은 것도 그가 던진 돌멩이였고.
담운 선사는 자신을 탓하는 눈빛이라 오해하고 있었지만,

무극검옹은 선망의 눈빛으로 그를 보고 있었다.

천하제일인에 가장 근접했다는 자신으로도 흉내 낼 수 없는 능력이었기 때문이다.

중원 최고의 쾌검이라는 낙영비화검의 최후 초식으로 날아가는 검이 세영의 코앞이었다.

그걸 뒤늦게 보고 돌멩이를 던져서 세영을 빼낼 수 있는 능력이라니.

도대체 얼마나 빠르면 그게 가능할지 짐작조차 되지 않았던 것이다.

그런 상념에 빠져 있던 무극검옹의 고개가 돌아갔다.

병상에 누워 있던 세영의 입에서 신음이 흘러나온 까닭이다.

"끄응······."

머리가 깨질 듯이 아팠다. 빌어먹게도 칼을 머리에 맞은 모양이라고 생각했다.

'그럼 머리가 쪼개졌을까?'

별 쓸데없는 생각을 하며 눈을 뜬 세영의 고개가 모로 기울어졌다.

"사부?"

"오냐, 내 새끼. 이제 정신이 드느냐?"

"이런, 사부도 뒈진 게요?"

"뒈, 뒈져······. 이런! 망할 녀석, 그놈의 쌍통머리 없는 말본새는 여전하구나."

"그럼… 안 뒈진 거요?"

"왜? 아주 뒈지라고 고사를 지내지."

"사부!"

벌떡 일어난 세영이 담운 선사를 끌어안았다.

"멍청한 녀석, 별 시답지도 않은 자식한테 깨지기나 하고……."

핀잔과 달리 세영의 등을 두드리는 담운 선사의 손길은 부드러웠다.

한참을 그렇게 부둥켜안고 있던 세영이 떨어지며 물었다.

"어찌 된 거요?"

"그건 내가 네놈에게 물을 말이고. 도대체 네가 왜 여기에 있는 게야?"

"그야… 이야기가 길다우."

"바쁜 거 없다만."

담운 선사의 말에 세영은 뒷머리를 긁적이며 그간 겪은 이야기를 풀어 놓기 시작했다.

고려에서의 전쟁, 순검군의 이야기, 아버지의 죽음 등…….

그 이야기를 다 들은 담운 선사가 세영의 등을 다시 두드렸다.

"마음고생이 많았겠구나."

"뭐… 세상이 다 그런 거 아니겠수."

"녀석… 너스레는 여전하니 다행이다."

담운 선사의 말에 세영은 피식 웃어 보였다.

그런 그에게 담운 선사가 목갑 하나를 내밀었다.

"뭐요?"

"열어 보거라."

담운 선사의 말에 그가 목갑을 열자 독한 약 향이 번져 나갔다.

"에고, 냄새……. 이거 뭐요?"

"뭐긴 약이지. 어서 먹어라."

"어째 냄새가 고약한 게 좋은 꼴은 못 볼 것 같수만."

"냄새 독하고 쓴 게 약효는 좋다지 않더냐. 하니 잔말 말고 처먹기나 해."

담운 선사의 독촉에 마지못해 세영이 목갑에 든 환단을 삼켰다.

"윽! 맛이 뭐 이래요?"

"그냥 삼켜 둬. 딴 건 잘 모르겠는데 상처 안 덧나는 데는 이게 그만이더라."

담운 선사의 말에 곁에 있던 무극검옹의 눈가가 파르르 떨렸다.

무당의 기보이자 무림의 보물인 태청단이 효과 좋은 요상단 정도로 치부된 까닭이었다.

그것을 증명이라도 하듯 태청단을 먹은 세영은 그 흔한

운기조차 하지 않았다.

그 탓에 못마땅한 시선으로 두 사제지간을 바라보던 무극검옹을 세영이 흘깃거렸다.

"한데 이 양반은 누구요?"

그의 물음에 담운 선사가 간단히 답했다.

"내 친우의 제자. 날 사백이라 부르니 너와는 호형호제하면 될 게다."

"호형호제면… 내가 사형이요?"

"그건 아니지."

"왜? 사부가 사백이었다면서요?"

"그래도 네가 더 늦게 내 문하에 들어왔으니까 그렇지."

"세상에 그런 게 어디에 있어요. 사부가 사백이면 내가 사형인 거지. 안 그래, 사제?"

무극검옹의 눈가가 또다시 파르르 떨렸다.

그걸 본 세영이 혀를 찼다.

"쯔쯔, 사제라고 영 시원치 않아서……. 벌써 그렇게 눈가에 경련이 오고 그러면 어쩌나? 사부, 이거 하나 더 없어요? 이런 건 내가 아니라 저 늙다리 사제를 먹여야 하는 거 아니요?"

"네가 신경 쓸 건 없다. 저놈 집엔 이런 거 몇 개나 더 있으니까."

"뭐, 그러면 다행이고……. 그나저나 어이, 사제, 밥 없나?

나 무지 배고픈데."

어이가 없다 못해 기가 막히고 코가 막혔다.

'어디서 새카맣게 어린놈의 자식이……!'

한데 그건 시작이었던 모양이다.

"뭐하냐, 내 새끼가 배고프다잖냐? 밥 가져와야지?"

담운 선사의 말에 무극검웅의 신형이 휘청거렸다.

오랜만에 만난, 그렇게 그리던 제자였으니 회초리는 안 든다고 해도 야단은 칠 줄 알았다.

사형한테 그러면 안 된다고, 하다못해 핀잔이라도…….

하지만 담운 선사는 얼른 가서 밥 안 가져오고 뭐하냐는 눈빛으로 자신을, 천하의 무극검웅을 노려보고만 있었다.

'이익!'

분노가 일어났다. 그냥 확 엎어 버리고 싶었다.

하지만…

그럴 수가 없었다.

눈앞의 이 작고, 볼품없는 노승의 능력을 무극검웅은 누구보다 잘 알고 있기 때문이다.

과거 현경에 올랐던 사부가 이젠 해볼 만하다며 벼르고 벼르다 방문한 노승과 비무를 벌였다.

하지만 결과는 비무가 아닌 폭행이었다.

그날 사부는 비오는 날 먼지 나게 맞는다는 게 무엇인지 실증해 보였다.

그게 15년 전이다. 그러니 지금은 그 가공할 무위가 얼마큼 더 깊어졌는지 감히 예상조차 할 수 없었다.

그런 노승에게 반항을 할 배포가 무극검웅에겐 없었다.

"여봐라."

"쓰읍!"

담운 선사의 못마땅한 표정에 무당의 제자를 불렀던 무극검웅이 황급히 고개를 조아렸다.

"다, 다녀오겠습니다."

아직도 사부가 먼지 나게 맞던 날, 대들다가 함께 맞았던 기억이 지워지지 않은 몸의 자동 반응이었다.

❁　❁　❁

꾸역꾸역 밥을 먹는 제자를 흐뭇하게 바라보던 담운 선사가 주변에 죽 늘어선 이들을 훑어보며 말했다.

"그러니까 얘들이 다 네 수하다?"

"뭐, 그런 셈이우."

세영의 답에 고개를 끄덕인 담운 선사는 하나하나 다시 뜯어보기 시작했다.

"네놈 이름이 뭐냐?"

"화, 황렬… 입니다. 꿀꺽."

한주먹거리도 안 되어 보이는 노승이 네놈 운운하는데도

황렬은 공손히 답했다.

 거기다 긴장된 탓에 마른침까지 삼켰다.

 그도 그럴 수밖에 없는 게, 방금 전에 밥 늦게 가져왔다고 노승이 자그마치 무극검웅을 발길로 걷어찼던 것이다.

 도무지 이해가 가지 않는 것은 무극검웅의 반응이었다.

 정강이를 걷어차여 놓고선 연신 죽을죄를 졌다고 고개를 숙였던 것이다.

 오죽하면 무극검웅이 음식을 나른다는 소리에 놀라서 뛰어온 무당의 장문이 파리가 들어가는 줄도 모르고 벌린 입을 다물지 못했을까.

 "황가라… 주먹은 좀 쓰냐?"

 "예? 아! 예, 조금 씁니다."

 "그래, 정권에 굳은살이 박인 걸 보니 좀 쓰는 것 같긴 하다만……. 그리고 네놈은 이름이 뭐냐?"

 "양후라 합니다."

 "양후라… 너, 쇠 다룰 줄 알지?"

 "어, 어찌……?"

 "놀라긴, 네놈 몸에서 쇠 냄새가 진동을 하는데 모를 수가 있나. 철가의 후예 같은데… 맞나?"

 "예, 철가방 출신입니다."

 "흠… 그놈, 어깨도 튼실한 게 쇠는 잘 두드리게 생겼다. 나중에 내 새끼 칼이나 하나 만들어 다오."

"예? 아! 예, 대사님."

양후의 답에 고개를 끄덕이던 담운 선사의 시선이 거패에게서 멈췄다.

"거패입니다!"

묻기도 전에 크게 말하는 그를 못마땅한 눈으로 바라보던 담운 선사가 여전히 밥 먹느라 분주한 세영에게 물었다.

"네놈, 포교 한다고 안 했냐?"

"맞수."

"근데 왜 도적놈을 끼고 다니는 게야?"

"어! 어찌 알았수?"

"딱 봐도 산적같이 생기지 않았냐? 저거 산채 하나는 움직여 봤을 관상인데… 아니냐?"

"맞아요. 헛짓하고 앉았기에 잡아다 개과천선시킨 거 아니유."

"흠… 개과천선이라… 하긴 죄를 뉘우치면 살인자도 자비로 대하라 말씀하신 것이 부처님이시니……. 잘했느니라."

"내가 누구요? 사부 제자 아니오."

세영의 말에 빙긋이 웃은 담운 선사의 눈이 막야와 살마, 그리고 하북삼흉의 앞에서 다시 멈췄다.

"너, 부업으로 자객문 차렸냐?"

"내가 병신이요? 죽일 놈 있으면 직접 가지, 애들 시키게?"
"흠… 한데 왜 자객 새끼들을 이렇게 많이 데리고 다니는 게야?"
"걔들도 개과천선 중이우."
세영의 답에 담운 선사가 고개를 끄덕였다.
"좋은 일을 하는 구나. 암, 가람검의 문하면 세상을 위해 그리해야지. 그리고… 어쭈, 이놈은 한가락 하는데, 얜 어디서 주은 거냐?"
그의 말에 슬쩍 대상을 일별한 세영이 어깨를 으쓱였다.
"주은 게 아니라 제 발로 따라온 거유."
"제 발로……. 하긴 내 새끼가 인물이긴 하지. 그래그래, 잘 생각했느니. 뱀 대가리보다야 용꼬리가 낫지."
"무, 무슨……."
당황하는 당홍이 안돼 보였던지 세영이 말했다.
"그치는 내 수하 아니우."
"엥? 아니야?"
"예."
"하면 이놈은 어디 놈인 게야?"
"당가요."
"당가?"
담운 선사가 고개를 갸웃거리자 당홍이 조심스럽게 답했다.

"사천의……."

"아! 추접한 새끼들."

"추, 추접!"

와락 표정을 구기는 당홍에게 담운 선사가 말을 이었다.

"독과 암기 가지고 노는 놈들이 추접하지, 아니더냐?"

"독과 암기도 엄연히 무공이외다."

"외다? 너, 말이 짧다?"

"그, 그게… 보아하니 연배도 비슷해 보이고……."

"풋-"

세영이 먹던 밥을 뿜었다.

"이크! 방정맞게 뭔 짓이여."

핀잔을 주는 담운 선사에게 세영이 밥알이 덕지덕지 붙은 입으로 히죽거렸다.

"좋겠수, 젊게 봐 주는 사람 있어서."

"좋긴 개뿔이……. 네놈 선친이 누구더냐?"

"당… 일우라고……."

"일우, 일우……. 아! 만천독왕?"

"아, 아버님을 아시… 니까?"

불안한 마음에 말끝을 뒤늦게 올려붙이려니 요상하게 되었다.

그런 당홍의 물음에 담운 선사가 고개를 저었다.

"별로. 한 두어 번 봤나. 하지만 그놈 애비는 좀 알지. 기평이었나, 아마 그랬지?"

"조, 조부님을 아십니까?"

"그놈이 코흘리개 때 꽤나 따라다녔으니까. 말코 어린놈, 네놈도 본 적 있지?"

담운 선사의 물음에 무극검웅이 어색한 웃음을 띠며 답했다.

"소질이 어렸을 적에… 사부님을 찾아오셨을 때 잠시……."

"그래, 그때 날 따라서 저놈 사부 만나러 왔었거든. 젊은 놈이 어찌나 엉겨 붙던지, 도무지 떨어트려 놓을 수가 있어야지."

담운 선사의 말에 당홍이 경악 어린 표정으로 물었다.

"저… 호, 혹시… 고, 고려무신(高麗武神)……?"

"엥? 그놈이 붙인 별명을 아직도 부르는 게야?"

"마, 맙소사!"

당홍의 경악성이 의당 안을 가득 채웠다.

❈   ❈   ❈

"쿠헤헤헤헤헤, 고려무신이래, 고려무신……. 쿠헤헤헤."

벌써 이각째 낄낄대고 있는 세영을 못마땅하게 바라보던 담운 선사가 버럭 소리를 질렀다.

"그만해, 이놈아!"

"아, 너무 웃겨서 그러우, 너무 웃겨서. 고려무신이라니……. 고려쭈그렁탱이면 몰라도 고려무신이라니……. 쿠헤헤헤."
"에잉, 고얀놈!"

그렇다고 더 이상의 타박은 없었다.

언젠가 자신에게 고려 최고의 무신이 될 거라던 세영의 말에 담운 선사, 자신이 지금 세영처럼 배꼽 잡고 웃었으니까.

그때 그는 세영에게 고려무신이 아니라 고려불쌍놈이라고 지으라며 낄낄거렸었다.

하여간 그런 세영의 반응을 지켜보며 당홍은 혼란스러운 표정이었다.

그가 조부에게서 들은 고려무신의 신위는 거의 절대적이었다.

하늘에 닿을 무공과 천하를 포용할 배포, 황하보다 거친 성격을 가졌다고 했었던가?

그 말을 들으며 어린 당홍이 그렸던 고려무신의 모습은 9척에 무시무시한 인상을 가진 철탑 같은 거인이었다.

저렇게 보잘것없고, 작달막한 노인네가 아니라.

그렇다고 거짓말이라는 말은 못했다. 아니라면 천하의 무극검웅이 저런 모습을 보이지 않을 테니까.

그래도 이건 좀 심하다 싶었다.

5척 단구에 배만 볼록 나온 민머리의 늙은 중이라니…….

"뭐냐, 그 눈빛은?"

"아, 아닙니다."

당황하는 당홍에게 한참 웃던 세영이 물었다.

"쿠헤헤… 가만. 근데 사부, 저 영감탱이 조부랑 친우였다고 했수?"

"친우는 무슨……? 그냥 그놈이 대협, 대협 그러면서 따라다녔지."

"여하간 같은 항렬이라 그거 아뇨?"

"내가 좀 억울하긴 하지만 굳이 비교하자면… 그런 셈이지."

"그럼 그 당기평이라는 양반과 사부가 같은 항렬이면 저 영감탱이하고 난 어찌 되는 거유?"

"어찌 되긴, 네놈이 사백… 나이가 좀 어리니까 사숙뻘은 되겠지."

"푸하하하하."

아까보다 더 크게 웃는 세영을 당홍은 당황과 불만이 마구 뒤섞인 얼굴로 바라볼 뿐이었다.

한참 웃던 그에게 담운 선사가 은근한 음성으로 물었다.

"근데 말이다, 저 처자는 누구냐?"

"처자? 아! 그게 내 상……."

"안녕하셔요, 시아버님? 아니, 시사부님. 유지현이 인사 올립니다."

공손히 허리를 숙이는 시어사 지현을 당황한 눈으로 바라보던 담운 선사가 세영에게 물었다.

"시사부? 너희… 그렇고 그런 사이였냐?"

"무, 무슨 그런 말도 안 되는……! 왜, 왜 그래요?"

당황하긴 세영도 마찬가지다.

그뿐만이 아니라 세영의 일행 전체가 놀란 표정이 역력했다.

한데 그런 이들을 한순간에 바보로 만드는 말이 지현의 입에서 쏟아졌다.

"어! 몰랐어요? 내가 당신 아니면 미쳤다고 시어사씩이나 되어서 개봉 좌포청으로 왔겠어요? 거기다 위험하다는 걸 뻔히 알면서 따라오고? 설마… 내가 아무 이유 없이 그럴 바보로 보였던 거예요?"

"그, 그건 아니지만……."

당황해서 말을 더듬는 세영에게 배시시 웃어 보인 지현이 담운 선사에게 시선을 돌렸다.

"앞으로 잘 부탁드려요, 시사부님."

"으, 응? 그, 그래, 뭐……."

제자의 반응이 뜨뜻미지근한 탓인지 담운 선사는 얼른 마음을 열지 못했다.

"정말 아무 사이도 아니야?"

작게 속삭이는 담운 선사를 향해 세영이 버럭 소리를 질렸다.

"아! 글쎄 아니라니까!"

"이 쌍통머리 없는 새끼. 귀 안 막혔어, 이놈아!"

"좋겠수다. 하나뿐인 제자가 쌍통머리 없는 새끼라서."

"오냐, 네놈이 오랜만에 자유 대련을 부르는구나. 한판 뛰어 주랴?"

"염병, 약 먹인지 한 시진도 안 지났소. 그렇게 약 주고, 병 주고 싶은 거요?"

"여, 염병?"

"내가 또 언제 염병이라고 했어. 빌어먹을."

"비, 빌어먹을?"

"거참, 노인네 말 만들지 마쇼. 내가 언제 빌어먹을이라고 했수? 가는 귀 먹은 거요? 하여간 늙으면 죽어야 한다니까."

"뭐, 뭐라! 이 쌍놈의 새끼!"

"좋겠시다, 쌍놈이라서."

"이, 이런 후레아들 놈의 새끼!"

"이젠 후레아들 놈도 할 생각인 거유?"

"이, 이런 빌어먹을!"

세영을 보면 내 새끼라고 입에 달고 사는 담운 선사다.

그러다 보니 무슨 무슨 놈의 새끼라는 욕은 결국 자신을 욕하는 게 되어 버리는 것이다.

세영과 되도 않는 말다툼을 벌이고 있는 그를 바라보는 당홍과 무극검옹의 입에서 절로 한숨이 새어 나왔다.

제56장
희생양

무극검웅과 마주 앉아 있는 낙영검존의 고개가 잔뜩 숙여져 있었다.

"이 일을 어찌……."

답답해하는 무극검웅의 음성에 낙영검존이 고개를 들었다.

"흠……."

낙영검존의 모습을 보며 무극검웅이 낮게 침음을 흘렸다.

그럴 수밖에 없는 것이, 그의 한쪽 눈두덩이 시퍼렇게 멍이 들어 있었기 때문이다.

달려드는 낙영검존을 한 방에 날려 버린 담운 선사의 주먹질에 의한 여파였다.

원래 낙영검존 정도의 고수라면 멍 자국 정도는 내기의 운용으로 감쪽같이 없앨 수 있을 텐데… 이번엔 그게 통하지 않았다.

 도대체 무슨 수를 쓴 건지, 정신 차리고 반나절을 방구석에 틀어박혀 운기를 해도 없어지지 않았던 것이다.

 그런 낙영검존이 침울한 음성으로 물었다.

 "달리… 방법이 없는 것입니까?"

 "그게… 선사를 당할 재간이 없으니……."

 "대협께서도 안 되는 것입니까?"

 직설적인 물음에 무극검옹은 곤혹스러운 표정을 지어 보였다.

 그 표정을 확인한 낙영검존이 조심스럽게 물었다.

 "제가 도와도 아니 되는 것입니까?"

 무극검옹이 고개를 저었다.

 "빈도가 열이어도 불가능하다오."

 "서, 설마 그 정도이려구요?"

 "그것도 낮춰 잡은 것이라오."

 "흐음… 점창에… 통보를 하여 제자들을 불러……."

 "점창의 문을 닫으실 생각이시오?"

 "그게 무슨……."

 "항산파를 기억하시오?"

 "어찌 잊겠습니까? 정체불명의 적도들에게 하루아침에

멸문당한 그들을……. 항산파가 무너지고 공동이 구파일
방에 들어온 탓에 한동안은 그들이 의심을 받기도 했던 것
으로 기억합니다."

"맞소. 하면, 그게 언제인지 기억은 하시오?"

"대략 오십 년 정도가 되었지요?"

"그렇소. 그리고… 그 일을 벌인 이가 지금 의당에 있다오."

"의당… 서, 설마!"

"그분에게 구파일방이나 백도, 마도의 구별은 중요치 않
소. 자신에게 해를 입히려 들면 적이고, 잘 대하면 친구요.
그런 이에게 칼을 들겠다고 하셨소? 점창이 성세를 달리
고 있다 하나 석년의 항산파와 견주어 윗줄에 머문다고 장
담하시오?"

"흐음……."

답할 수 없었다.

항산파가 멸문지화를 당할 당시 그들도 십대고수를 보유
하고 있었으니까.

그렇게 보면 딱 지금의 점창 정도의 능력이었다.

"미련을 버리시구려."

"그렇다고 관의 앞잡이라니… 그것도 몽고의……. 차라
리 자결을 하면……?"

"문하에게 수치를 줄 생각이오? 오욕을 참지 못해 자살이

라니… 문하의 제자들이 무엇을 배우겠소. 희생이란 이럴 때 필요한 것이 아닌가 하오만."

무극검옹의 말에 낙영검존의 입에서 깊은 한숨이 새어 나왔다.

"하아~"

마치 자신들의 안방처럼 의당을 차지하고 앉은 담운 선사와 세영, 그리고 그 일행을 낙영검존이 찾았다.

"결심했나?"

"그것이……."

"뭐야? 아직도 결정 못한 거야?"

"그, 그것은 아니고… 작은 조건을 하나 달았으면 하오… 입니다."

말끝이 요상하다. 그건 어떻게 따지다 보니 낙영검존의 항렬이 사질이 된 탓이었다.

"무슨 조건?"

"기간을 정하였으면 하오… 입니다."

"얼마나?"

"대략 반… 일 년? 아, 아니 이 년 정도라면……."

"그냥 가."

"예?"

"그냥 가라고. 며칠 있다가 사부 데리고 찾아가서 싹 쓸어 줄 테니까."

자신을 팔아 호가호위하는 세영의 말꼬리를 담운 선사가 잡았다.

"데리고?"

"알았어요. 끌고."

"이런! 불쌍놈."

"예, 예. 나도 알아요. 내가 빌어먹을 놈의 새끼라는 거."

"빌어먹을 놈의!"

또다시 실랑이를 벌이는 두 사제지간을 바라보며 몰래 한숨을 내쉰 낙영검존이 끼어들었다.

"그럼 몇 년이면 받아 주실지……?"

"어이, 당 사질, 몇 년짜리로 계약했지?"

세영의 부름에 당홍이 와락 인상을 구기며 답했다.

"오 년입니다."

싸움 구경하다가 얻어맞는다고, 당홍이 딱 그 짝이었다.

그나마 쓸 만하다고 생각했던지, 담운 선사가 갖은 협박으로 당홍을 세영의 곁에 묶어 버린 것이다.

그런데 여기서 문제가 생겼다.

현재 세영이 자신의 곁에 누군가를 묶어 둘 수 있는 방법이 하나뿐이었던 것이다.

바로 포쾌 계약.

그렇게 당홍은 5년 동안 개봉 좌포청의 포쾌로 일한다는 계약서에 수결을 놓아야 했다.

"들었지? 최소한 저 정도는 되어야지 않겠어?"

"하아~ 아, 알겠습니다."

깊은 한숨 끝에 고개를 숙이는 낙영검존의 어깨를 세영이 다독였다.

"잘 결정한 거야. 추포해 오라는 걸 이 정도로 마무리하는 거니까."

"아, 알겠습니다."

낙담하는 낙영검존을 당홍이 동병상련의 시선으로 바라보았다.

사흘을 눌러앉았던 무당을 떠난다는 소식에 무극검웅과 무당의 장문인이 해검지까지 따라나섰다.

앉아서 배웅했다가 무슨 꼬투리를 잡힐지 모른다는 위기의식 때문이었다.

"그럼 또 들러 주십시오, 선사."

장문인의 인사에 담운 선사가 흡족한 얼굴로 고개를 끄덕였다.

"그리 말해 주니 내 명년에 다시 한 번 들르리다."

"그, 그래 주신다면 여, 영광일 것입니다."

당황한 인명 진인, 무당 장문의 답례에 담운 선사가 어깨를 으쓱였다.

"그렇기야 하겠소만. 어쩌겠소, 빈승이 영광을 뿌리고 다녀야지."

"가, 감사합니다, 선사."

마지못해 고개를 숙이는 인명 진인에게서 시선을 돌린 담운 선사가 무극검웅에게 말했다.

"내 명년 이맘 때 들를 터이니 술 잘 담가 놓아야 하느니라."

"그, 그리하겠습니다. 살펴 가십시오, 사백."

"오냐."

"사제도 잘 가게."

"흠… 뭐, 원래 족보가 그렇게 되는 거라니 일단은 그리 알고 가지만, 더 알아보고 아니면 뜯어고치는 거요?"

"아하, 아하하! 그, 그리하게."

어설픈 무극검웅의 웃음을 뒤로하고 담운 선사와 낙영검존이 새롭게 합류한 세영 일행이 무당을 떠났다.

※ ※ ※

몽고의 영역인 하남에 들어서자마자 지현이 장계를 써서 개평으로 보냈다.

포쾌를 임명하는 권한이 세영에게 이미 허락된 일이라고는 하나 추포를 명한 죄인을 그리 삼은 것은 자칫 문제가 될 수도 있었기 때문이다.

 그 탓에 지현이 보내는 장계엔 그러지 않았다면 일행에게 크나큰 위험이 닥쳤을 것이라고 썼다.

 그렇게 장계를 보낸 일행은 가능한 천천히 움직였다.

 일찍 귀환해 봐야 장계를 받은 개평에서 결정을 내려 개봉으로 전교를 내려 보낼 시간 동안 꼼짝없이 기다려야 했던 탓이다.

 물론 기다리는 사람들이 있는 황렬과 막야는 불만이 많아 보였지만 나머지 사람들은 별로 불만이 없었다.

 점수를 딸 생각인지 지현이 풍경 좋은 곳, 음식 맛있는 곳을 골라 가며 담운 선사를 안내한 까닭이었다.

 그렇게 한참을 걸려 개봉에 도착한 일행 앞으로 이미 전교가 도착해 있었다.

 "돌아왔습니다."

 세영의 귀환 보고에 수부타이가 감탄한 표정으로 고개를 끄덕였다.

 "고생했네. 불가능하다고 생각했었는데… 정말 대단하이."

 "스승님이 아니 계셨다면 불가능했을 것입니다."

 "스승……? 하면 뒤에 계시는 승려분이……?"

 "담운이외다. 불민한 제자를 맡겨 두고 이리 늦게 찾아와서 송구하오이다."

"아, 아닙니다. 이리로, 상석으로 앉으시지요."

몽고의 관인이라고는 하나 수부타이도 무인이다.

세영 정도의 무인을 키워 낼 능력을 가진 스승이라면 어느 정도의 고인일지 충분히 짐작하고도 남음이 있었던 것이다.

자신이 양보하는 상석에 두말없이 앉는 담운 선사에게 수부타이가 재빨리 차를 따라 올렸다.

"철관음이라고… 제법 괜찮은 차이더군요."

"흠, 차라… 차보다는 술은 좀 없소?"

"수, 술… 이, 있지요, 왜 없겠습니까. 여봐라… 아, 아니 그러지 마시고 한 시진만 지나면 퇴청이오니 그때 제가 주루로 모시겠습니다."

"호오… 우리 세영의 상관되시는 분이 참으로 예에 밝으시구려. 아니 그러냐, 아가?"

담운 선사의 물음에 배석해 있던 지현이 배시시 웃었다.

"예, 시사부님."

"시, 시사부……?"

놀란 수부타이가 얼굴을 붉힌 채 배시시 웃고 있는 지현과 소태 씹은 표정의 세영, 그리고 흐뭇한 시선으로 그런 둘을 바라보는 담운 선사를 번갈아 쳐다보았다.

지난 여정 동안 지현은 성공했던 것이다. 담운 선사를 자신의 편으로 끌어들이는 것에.

희생양 • 89

그걸 위해 매일같이 사다 바치던 고가의 술값을 대기 위해, 지현은 가지고 있던 전표는 물론이고 옥비녀와 금가락지까지 모조리 팔아 치워야 했지만 전혀 아깝지 않았다.

 그날 저녁, 수부타이가 지현을 제외한 비호대 전원과 담운 선사를 모란각으로 초대했다.
"어서 오십시오, 포령 대인."
 모란각주인 이협의 환대에 수부타이가 미소를 지었다.
"오랜만이구먼, 각주."
"예, 요샌 격조하셨습니다."
"박 포교도 자리를 비웠었고, 이곳에 올 만큼 여유가 없었네."
"그러셨습니까? 자- 귀빈실로 안내하겠습니다. 이쪽으로."
 자신의 안내로 귀빈실로 들어선 이들 중 상석에 노승이 앉는 것을 보고 이협이 조심스럽게 물었다.
"곡차는 무엇으로……."
"이놈도 겉멋만 들었구먼. 곡차는 무슨… 술 가져오너라."
"예? 아! 예. 하옵고……."
 뒷말을 못 잇는 이협의 뜻을 알아차린 수부타이가 담운 선사에게 물었다.

"기녀를 들일까 합니다만……."

"남아가 풍류를 모른 데서야 되겠는가? 그리하시게."

"하오면 선사께서는……."

"예끼! 내, 술은 처먹어도 여인은 취하지 않으니……. 지옥을 가더라도 쪽팔리지는 말아야 할 게 아니겠나."

"송구합니다."

"아닐세. 내가 하지 않는다고 멀쩡한 사람들까지 바보로 만들 정도로 뻔뻔하지는 않으니 상관 말게."

"어, 어찌 소인들만……."

겸양하는 포령의 말을 세영이 자르고 들어왔다.

"이협, 그 아이 있나?"

"그 아이라시면……?"

"왜 술 버려서 매상 올리는 애 말이야."

"술을 버려서… 아! 연화 말씀이십니까?"

"그래, 걔 있나?"

"송구합니다."

고개를 숙이는 모란각주의 모습에 세영의 미간이 잔뜩 찌푸려졌다.

"왜? 딴 방에라도 들어간 거야?"

"예, 지정 손님이 계셔서……. 그러고 보니 그분도 대인과 안면이 있는 분이시군요."

"나랑 안면이 있는 자식? 누군데?"

"왜 일전에 함께 오셨던, 장사한다던 손님 말입니다."

"장사한다던 놈?"

장사를 하건 뭘 하건 자신이 모란각에 데려왔던 인사는 하나뿐이다.

"그 자식이 왜……?"

"예?"

"아, 아닐세. 어딘가?"

"가, 가 보시게요?"

"왜, 안 돼?"

"그, 그건 아닙니다만……."

원래는 안 되는 일이다. 손님들 사이에서 기녀를 두고 다투는 일이 종종 벌어지기 때문이다.

"그럼 가자."

자리에서 벌떡 일어서는 세영을 바라보며 담운 선사가 물었다.

"어딜 가려고?"

"그게… 만나 볼 사람이 있어요."

"장사한다는 놈? 아니면 그놈 방에 들어간 기녀?"

"둘 다요."

"쯔, 조강지처 두고 기녀를 탐하는 것만큼 헛된 짓은 없다."

"제가 조강지처가 어디 있어요?"

"왜 유씨 처자 있지 않느냐?"
"사부!"
"왜?"
"걔 아니라니까요!"
"저저, 배부른 소리······. 그만한 처자 만나기가 쉬운 줄 아느냐?"
"아, 몰라요."
"저저, 불쌍놈 또 고집 피운다."
 담운 선사의 핀잔을 받으면서도 세영은 기어코 이협을 앞세우고 귀빈실을 나섰다.

❄   ❄   ❄

"기 낭자, 이제 돌아왔으면 좋겠소."
 막주의 말에 기 낭자, 연화가 고개를 저었다.
"아직··· 아무것도 이룬 것이 없어요."
"이리 기다려서는 아무것도 이룰 수 없다는 것을 모르겠소? 또한 이루게 둘 수도 없는 내 입장을 알 게 아니오?"
"그건······."
"벽안마소, 아니 벽안마공을 익힌 여인을 진심으로 사랑하게 되면 남는 것은 죽음뿐이오. 알지 않소?"
"알··· 아요."

"그를… 죽이고 싶은 거요?"
"그, 그런 거 아니에요."
"그럼 그만 돌아갑시다."
막주의 부탁에 잠시 망설이던 연화가 고개를 저었다.
"이야기라도… 고백이라도 하고 싶어요."
"후~ 그래서 그가 받아들이면 그땐 어찌할 생각이오?"
"그, 그럴 리는 없을 거예요."
"어찌 그리 장담하시오?"
"그분은… 기녀에게 진실 된 사랑이 없다 믿으시니까요."
"그냥 하는 말 같지는 않고… 비슷한 일이 있었던 거요?"
"……."
자신의 물음에 아무 답도 않는 연화를 바라보던 막주가 낮게 한숨을 내쉬었다.
"하아~ 내 기 낭자의 일이니 이만 물러가리다. 하나 이제 그가 돌아왔다 하니 조만간에 끝을 내 주시구려. 살막엔 기 낭자가 필요하오."
"살… 행은 없지 않나요?"
"살행이 없다고 칼을 녹슬게 둘 수는 없질 않겠소?"
"그리… 하겠습니다."
"그럼 내 그리 알고 가리다."
그 말을 남겨 둔 막주가 일어섰다.
그리고 그가 가고 얼마 안 있어 문이 다시 벌컥 열렸다.

"더 하실 말씀이라도… 대, 대인!"

들어선 이가 막주가 아니라 세영인 것을 본 연화가 당황한 표정을 지었다.

그런 그녀에게 세영이 심통 맞은 음성으로 물었다.

"여기 있던 자식은 어디 가고?"

"방금 전에 가셨습니다."

"제길… 앉아도 되나?"

"예, 그럼요."

연화의 허락에 털퍼덕 주저앉은 세영이 그녀를 물끄러미 바라보았다.

"너… 여기 관둬라."

"예?"

"관두라고."

"제가 무슨 실수라도……?"

"그냥. 보기 싫으니까 그만두란 말이다."

세영의 말에 연화의 그 큰 눈에 물기가 어렸다.

"제가… 그리 보기 싫으셨습니까?"

"그래."

무심한 세영의 답에 연화의 눈에 맺혔던 물기가 뺨을 타고 흐를 때였다.

"왠지는 모르겠지만… 난 네가 딴 놈 방에 들어가는 게 보기 싫다."

이내 눈이 커지는 연화를 두고 세영이 벌떡 일어섰다.
"내일, 아니 오늘 중으로 때려치웠으면 좋겠다. 돈이나 뭐 다른 문제라면… 이협에게 말해 둘 테니 넌 그냥 관두면 될 거다."
그 말을 남겨 두고 나서려는 그를 연화의 음성이 잡았다.
"가, 갈 곳이 없습니다."
"우리 집으로 와라. 아니, 이협에게 우리 집으로 데려다 주라고 말해 두마."
"대, 대인의 집으로… 제가 무슨 자격으로……."
"가, 가정부. 그렇지, 가정부로 오는 거다. 와서 밥하고 빨래하고… 뭐, 그러는 거지."
그 말을 내뱉듯 던져두고 세영이 황급히 방을 빠져나갔다.
그 탓에 연화는 그의 얼굴이 시뻘겋게 붉어져 있다는 것을 알아차리지 못했다.

연화를 만나러 간 줄 알았더니 자신의 처소로 밀고 들어온 세영을 이협이 물끄러미 바라보았다.
"무엇을 도와드리면 되올지?"
"연화… 빼 줘."
"빼 달라 하심은……?"
"그만두게 해 달라고."

"그야 자신이 그만두고 싶으면 얼마든지 그만둘 수 있습니다만……."
이협의 말에 세영이 의아한 표정으로 물었다.
"빚… 없단 말이야?"
"없습니다."
"그럼 혹시 뒤에서 협박하는 왈패 놈들이 있나?"
"그런 것도 없는데요."
"아니, 그런 여자가 뭐가 아쉬워서 기녀를 했대!"
"그야… 소인도 모릅지요."
이협의 답에 세영은 언뜻 그녀가 했던 말을 떠올렸다.

"갈 곳이 없습니다."

"흠… 우리 집으로 안내 좀 해 줄 수 있지?"
"댁으로… 댁으로 데려가실 생각이십니까?"
"왜? 문제 있나?"
"그, 그건 아닙니다만… 말들이 나올 겁니다."
"뭐라고?"
"포교가 기녀를 들여앉혔노라고……."
"드, 들여앉히기는 무슨… 그런 거 아니야."
세영의 부정에 이협은 걱정스런 얼굴로 그를 바라보았다.

연화는 짐을 쌌다.

어쩌려고 그러냐는 수련의 물음에도, 막주에게 물어보고 움직이라는 자화의 만류도 모두 물리치고 몇 가지 되지도 않는 짐을 싸서 이협을 찾았다.

그는 짐을 싸서 찾아온 그녀를 물끄러미 바라보았다.

"후회는… 없겠소?"

"없… 습니다."

"손가락질 받을 거요."

"알고… 있습니다."

"어쩌면 그냥 버려질 수도 있고."

"각… 오하고 있습니다."

"연모… 사랑… 그런 게 아니라 그저 몸을 탐하는 것일 수도 있소."

"상관… 없습니다."

흔들리지 않는 연화의 음성에 이협이 한숨을 내쉬었다.

"하아~ 솔직히 말하자면 말리고 싶은 마음이요. 그는 범과 같은 이, 꽃을 곁에 두기엔 범의 운명이 거칠기에……."

이협이 자신에게 왜 이런 말을 하는지 알 수 없었다.

각주와 기녀 사이에서 오고 가기엔 조금은 무거운 이야기였으니까.

"평범한 분은 아니신가 보군요."

연화의 물음에 이협이 피식 웃었다.

"그대 역시……."

 눈가에 힘을 주는 그녀의 모습에 황급히 시선을 돌린 이협이 말을 이었다.

"아, 벽안마소를 감당할 여력은 없다오. 그리고 대인께 해를 끼칠 생각도 없고. 그저 서로 모른 척하면 안 되겠소? 난 그대를 살려서 내보내고 싶소만."

 순간적으로 소름이 돋았다.

 상대는 진심이었다. 그 말은… 마음먹기에 따라선 자신을 죽일 수도 있다는 소리다.

 물론 그런 능력도 갖추고 있다는 뜻이고.

"누구… 신가요?"

"아직은 알려져선 안 되는 이들의 심부름꾼이라오."

"검을 거꾸로 든다면……."

"그럴 일은 없을 거요. 그건 사내의 명예를 걸고 맹세하리다."

 사내의 명예 따위 믿지도, 가치를 두지도 않았다.

 하지만 연화는 그 말에 고개를 끄덕였다. 거부하면 정말로 살아서 나갈 수 없다는 느낌 때문이었다.

"그럼… 믿고 가겠습니다."

 일어서는 연화에게 이협이 말했다.

"내 배웅해 주리다."

"되었습니다."

"그럼 총관을 시켜 안내라도……."
"대인의 집은 알고 있습니다."
연화의 말에 이협이 빙긋이 미소 지었다.
"어련하시겠소."
잠시 이협을 노려보았으나 그는 고개를 잔뜩 숙인 채 이쪽은 쳐다보지도 않았다.
"그동안… 고마웠어요."
"난… 별로… 솔직히 매상을 올려 준 것은 없어서 말이오."
그 말에 씁쓸한 미소를 지은 연화가 이협의 처소를 벗어났다.

❈   ❈   ❈

"연화 언니?"
그녀를 본 이연이 반가운 얼굴로 달려왔다.
초련이란 기명으로 모란각에 머물 때 맺은 인연이 있었기 때문이다.
"초련이구나."
"언니가 맞군요. 한데……?"
보따리를 든 모습에 이연이 고개를 갸웃거렸다. 그런 그녀에게 연화가 말했다.

"이곳으로 오라셔서······."
"누가? 설마··· 박 대인?"
이연의 물음에 연화가 수줍게 고개를 끄덕였다.
"어머나 세상에! 그럼 언니랑?"
무엇을 예상하는지 짐작이 갔지만 연화는 고개를 젓지 않았다. 아니, 젓고 싶지 않았다. 그런 게 아니라면 자신이 너무나 초라해지기에······.
툇마루에 앉아서 그런 두 사람을 지켜보고 있던 지현이 다가왔다.
"혹시··· 박 대인이 박 포교를 말하는 건가요?"
"예, 그렇답니다."
이연의 답에 지현의 눈이 서늘하게 가라앉았다.
"그가··· 이곳으로 오라고 했다고요?"
"누구··· 시죠?"
두 사람의 첨예한 대립에 이연이 난감한 표정으로 끼어들었다.
"아하하, 이, 인사하세요. 이쪽은 좌포청에 파견 오신 시어사시고요, 이쪽은 모란··· 아니 연화··· 아, 아니, 언니 이름이······?"
미안하게 바라보는 이연에게 연화가 밝은 미소로 답했다.
"련소, 기련소."
"들으신 대로 기 언니세요. 저와는 잠시 함께 지냈던 분이시죠."
"기녀였단 소린가요?"
 지현의 서늘한 음성에 연화, 아니 기련소뿐만이 아니라 이연의 표정도 굳어졌다.
 그녀의 음성에 차가운 경멸이 담겨 있었기 때문이다.

제57장
신임 포두

 도대체 술자리에서 무슨 이야기가 어떻게 오고 갔는지, 다음 날 담운 선사는 좌포청에 출청했다.
 "사부는 이게 말이 된다고 생각하는 거유?"
 "안 될 게 또 뭔데?"
 "아니, 가람검의 전수자가 포두라니… 지나가던 개가 웃을 거요."
 "그렇게 말하는 놈께서는 가람검의 전수자로 포교를 하고 있다는 거 잊고 있는 건 아닌지 모르겠다만."
 "그, 그거야 가업이고!"
 "나도 임시직이고."
 "사부!"

"왜?"

똑같이 소리를 지르는 담운 선사에게 세영이 작전을 바꿨는지 사근사근하게 말했다.

"제자 직장 아니우. 여기서 일하면 서로 불편하지 않겠수. 정히 포두를 하려면 우포청도 있고, 아니면 낙양 좌포청에도 자리가……."

"난 예가 좋다. 싫으면 네놈이 가든가."

"그 말… 바꾸기 없소."

"오냐."

담운 선사의 말이 끝나기 무섭게 포령이 집무실로 달려갔던 세영은 일각도 지나기 전에 축 처진 어깨로 돌아왔다.

"빌어먹을. 어디 포교 놈 서러워서 살겠나."

수부타이가 자리를 옮겨 달라는 세영의 요청을 일언지하에 거절한 것이다.

놓아주고 싶은 마음도 없었겠지만, 그보다는 이미 인사권이 어사대로 넘어간 이상 그럴 권한이 없다는 것이 요지였다.

그러면 어찌 사부가 포두가 되었냐고 물었더니 포두로 마땅한 자가 있다면 임시로 앉히고 추인을 받아도 좋다는 사전 허락을 받았다는 것이다.

그래서 억지도 부렸다.

사부를 빼지 않으면 사직하겠다고. 그랬더니 좌포청으로

올 때 달려온 고려 국왕의 교서에 사직은 허락되지 않는다고 되어 있었단다.

그러면서 은근히 포두가 된다면 고려해 보겠다는 말에 발길을 돌릴 수밖에 없었던 것이다.

제대로 선친의 뜻을 좇는 것이 없는데 가업조차 못 지키고 싶지 않았기 때문이다.

그렇게 빈손으로 돌아온 세영을 담운 선사가 긁어 댔다.

"어째 마음대로 안 된 모양이다?"

"좋겠시다, 제자 엿 먹여서."

"자식… 그걸 이제야 알았다니 아직 한참 모자란 놈이로다. 크크크."

뭐가 좋은지 혼자 킬킬거리는 담운 선사를 못마땅하게 노려보던 세영이 휑하니 자신의 집무실로 들어가 버렸다.

그렇게 세영이 사라지자 헤픈 웃음을 짓던 담운 선사의 입가에서 웃음기가 사라졌다.

그가 뜬금없이 포두가 된 것은 하나 때문이었다.

이상하게 천기에 드리운 핏빛이 제자인 세영의 주위를 떠돈다는 것.

고려에서는 몰랐는데 중원에서 본 세영은 주위로 온통 붉은 핏빛을 두르고 있었던 것이다.

'네놈에게 드리운 피의 저주를 내 기필코 떼어 낼 터이니…….'

하나뿐인 제자가 들어간 방을 바라보는 담운 선사의 눈이 무섭게 번뜩였다.

❈   ❈   ❈

감무경은 기분이 좋았다.

요사이 개봉 좌포청이 관할권을 확장하면서 개봉에 대한 감시가 느슨해졌다.

아니, 거의 사라졌다고 보아도 좋았다.

최근에 개봉 좌포청의 임무를 인수한 낙양 좌포청이 일을 시작했다지만, 낙양이 어딘가? 백도맹이 들어앉은 백도의 안방이다.

크고 작은 마찰이 계속적으로 일어나며 제대로 된 업무는 시작조차 하지 못하고 있었다.

그러다 보니 개봉의 무문들, 특히 감무경이 몸담고 있는 천강문은 제2의 전성기를 맞고 있었다.

그 중심에 그가 있었다.

눈치를 보느라 거둬들이지 못했던 채권을 정리하기 시작했다.

반항하는 놈은 뼈를 추리고, 돈이 없는 놈은 마누라나 딸을 잡아들였다.

역시 마도는 이래야 제맛이다.

그간은 백도 놈들처럼 얌전 빼고, 눈치 보면서 죽어지내느라 고역도 이만저만이 아니었다.

"뭣들 하느냐? 어서 저 계집을 끌고 와라!"

감무경의 호통에 그를 따라나선 무사 둘이 노인의 손녀를 강제로 잡아끌었다.

보낼 수 없다고 반항하던 영감탱이는 이미 손을 봐서 시전 바닥에 엎어져 골골거리고 있었다.

그런 그를 일별한 감무경이 시전 바닥에 침을 뱉었다.

"카- 악, 퉤!"

이런, 침을 막 뱉는 순간에 난데없이 발이 하나 들이밀어졌다.

감무경의 침은 정확히 그 발 위에 떨어졌다.

고개를 드니 다 떨어진 승복을 걸친 작은 체구의 노승이 인상을 구기고 있는 것이 보였다.

"거- 앞 좀 보고 다니슈."

인상을 긁어 준 감무경이 수하에게 시선을 주며 돌아가자고 명하려는 순간이었다.

"어이- 가래침 뱉은 새끼."

"뭐? 새끼?"

팩 하니 고개를 돌린 감무경의 눈에서 불덩이가 솟구쳤다. 그런 그를 바라보며 노승이 못마땅한 표정을 지어 보였다.

"어쭈? 별 시답지 않은 새끼가… 너, 잘하면 한 대 치겠다?"

"뭐라? 시답지 않은 새끼? 이 빌어먹을 땡초가 감히!"

버럭 화를 내며 앞으로 나서는 감무경의 기세가 불같이 일어섰다.

"이런 불쌍놈 같은 새끼가 여기에 또 있네그려."

"이, 이런 개 잡종 같은 땡초 새끼가!"

분노를 이기지 못한 감무경이 도를 뽑아 드는 순간이었다.

빽-!

"크헉!"

부러진 정강이뼈가 체중을 버티지 못하고 튕겨 나왔다.

그 고통에 자지러지며 주저앉는 감무경을 발견한 수하 둘이 노점상 노인의 손녀를 내팽개치고 날듯이 달려왔다.

그리고…

퍼벅-

우당탕탕!

저만치 날아가 시전 구석에 처박혀 버렸다.

때마침 근처를 지나가던 천강문의 고수들이 그 모습을 보고 무섭게 달려왔다.

그들이 보기에 작은 체구의 노승이 쓴 기술은 분명 소림의 나한권이었다.

그 말은 소림의 승려가 천강문의 무사를 건드렸다는 뜻이었다.

 머뭇거릴 이유도, 참을 이유도 없었다.

 제일 먼저 도착한 팔귀도의 칼이 날고, 뒤이어 도착한 격파도의 참마도가 휘몰아쳤다.

 그 뒤로 아주 끝장을 내겠다는 듯 참살도 동파극의 쌍도가 쏟아졌다.

 그렇게 무섭게 쏟아지는 칼 세례 속에서 빛이 번쩍였다.

 그에 팔귀도와 격파도, 그리고 참살도 동파극의 눈에서도 불꽃이 번쩍였다.

 까무룩 하게 날아가는 의식의 끝에서 동파극은 보았다.

 눈에 익은 개봉 좌포청의 포쾌 하나가 안됐다는 표정으로 자신들을 바라보고 있는 것을⋯⋯.

 기문탁은 군사전 수하의 보고에 해연히 놀랐다.

 "소림승이 공격을 가했다?"

 "예. 지금 재화당주와 위각주, 타각주, 그리고 우호법께서 놈에게 당했답니다."

 "문주는 어디 계시느냐?"

 "천강전에 계십니다."

 "가자. 지체할 일이 아니다."

 군사전을 부리나케 나선 기문탁이 문주의 처소인 천강

전으로 들었을 때는 문주가 꽤나 인상적인 손님과 함께 있을 때였다.
"뇌, 뇌마 대협과 잔살도마 대협을 뵈옵니다."
"흠……."
"……."
묵묵히 고개를 끄덕이는 두 사람을 일별한 기문탁이 문주에게 다급히 말했다.
"문제가 생겼습니다, 문주님."
"무슨 문제?"
"소림승이 아문의 각주들을 암습하였다 하옵니다."
"소림승이 암습!"
소림의 승려라면 암습 따위를 벌이지 않는다는 건 안다.
그럼에도 암습이라 말하고 두말없이 그걸 믿는 것은 훗날의 주장을 위해서였다.
"누가 당했더냐?"
"재화당주와, 위각주, 타각주, 그리고 우호법께서……."
기문탁의 말에 잔살도마가 자리에서 벌떡 일어섰다.
"동파극이 당했단 말인가?"
"예, 잔살도마 대협."
"이런, 형님!"
잔살도마의 부름이 갖는 의미를 안다. 나서 달라는 소리다.

하긴 동파극과 잔살도마는 둘도 없는 친우이니까.

무슨 잘못을 저질렀던지 아우의 친우를 정파에 끌려가게 둘 수는 없었다.

결국 뇌마가 자리에서 일어섰다.

"가자."

그렇게 나가는 뇌마와 잔살도마의 길 안내를 위해 기문탁이 자처하고 나섰다.

그리고 반시진 후…….

"무, 문주님!"

당황, 곤혹, 혼란을 가득 담은 좌호법 고군겸이 천강전으로 들었다.

"무슨 일이기에 그리 소란인가? 설마… 소림승이 여럿이었던 겐가?"

"그, 그게 아니고… 무, 문제가 터졌습니다."

"천하의 뇌마와 잔살도마가 나섰어. 무슨 문제가 생겼단 말이야?"

"그, 그게… 좌포청에서…….'"

"낙양 좌포청은 아직 제대로 업무를 시작하지… 서, 설마!"

말을 하다 말고 무언가를 짐작했는지 눈을 크게 뜨는 문주에게 고군겸이 고개를 크게 끄덕였다.

"짐작하시는 대로 개봉 좌포청입니다. 상대가 소림승이

신임 포두 • 113

아니라 개봉 좌포청의 신임 포두였답니다."

"이, 이런 빌어먹을! 그, 그럼 그 악마가 다시 나선 겐가?"

"그, 그건 아니고… 신임 포두에게 모조리 끌려갔다고……."

"뭐? 그 악마도 아니고 신임 포두에게 모조리?"

"예, 문주님."

"뇌마와 잔살도마도?"

"예, 그렇다 합니다."

"그게 가능은 한 소리고?"

"그, 그게……."

우물쭈물하는 고군겸에게 천강문주가 말했다.

"자네가 가 보게. 가서 자세히 알아봐."

"아, 알겠습니다."

자신의 명을 받은 고군겸이 황급히 천강전을 나서자 천강문주가 힘없이 태사의에 주저앉았다.

자꾸 몇 달 전의 악몽이 떠오르는 탓이었다.

❈　　❈　　❈

뇌옥에 들어앉은 이들을 바라본 세영의 감상평은 꽤나 단출했다.

"얘들은 왜 여기 있냐?"

"포두께 침을 뱉었답니다."

뇌옥지기인 저필의 답에 세영이 휘둥그레진 눈으로 물었다.

"침을 뱉어? 사부한테?"

"예."

"몇 명이나 죽었냐?"

"아, 안 죽었는데요."

"안 죽었어? 한 명도?"

"예. 다리에 중상을 입은 이는 하나 있긴 합니다만… 죽은 이는 없습니다."

저필의 답에 세영이 뇌옥에 들어앉아 있는 이들에게 말했다.

"이야~ 누가 꿈 잘 꿨나 보네. 사부한테 침 뱉고 살아남은 걸 보면. 거, 자살을 하려면 어디 절벽 같은데 가서 뛰어내리지. 하필 사부한테……."

세영의 말에 뇌마가 곤혹스러운 표정으로 물었다.

"그, 그럼 그 소림승이 박 포교의 사부……?"

"소림승? 소림승은 무슨… 그 양반 완전히 땡초야. 술 겁내 좋아하거든. 성격도 정~ 말 지랄 같아. 당신들 똥 제대로 밟은 거라고."

딱!

"아야!"

"똥? 사부한테 똥이 뭐야, 이 불쌍놈아!"

신임 포두 • 115

"거- 뒤에서 뒤통수 좀 때리지 맙시다. 머리 나빠진단 말이요."

"이 불쌍놈의 새끼, 또 눈을 부라리고!"

"아아, 애들도 보는데, 거참……."

주변을 둘러본 담운 선사가 다시 들었던 손을 슬그머니 내려놓았다.

"새끼… 나중에 보자."

"보든지 말든지."

"이놈의 새끼가!"

"아아, 알았소."

자신들에게 악마라 불리는 세영이 힘없이 꼬리를 마는 장면을 본 뇌옥 안의 인사들은 경악을 감추지 못했다.

그런 이들을 바라보던 담운 선사가 뇌옥 밖을 향해 소리쳤다.

"뭐해, 들어오지 않고!"

담운 선사의 음성이 끝나기 무섭게 고군겸이 미적거리며 뇌옥으로 들어섰다.

"고, 고 모가 박 포교 대인을 뵈오이다."

"어이, 고 씨, 또 합의 보러 온 거야?"

"그, 그게……."

난처한 표정의 고군겸에게 담운 선사가 소리쳤다.

"시간 없어!"

"아! 예."

얼른 자신의 곁으로 다가서는 그에게 담운 선사가 물었다.

"자— 이제 계산 좀 해 보자고. 요기 요놈이 가장 값나가게 생겼는데… 뭐로 할래?"

"어, 어떤 것으로 하실 요량이신지……?"

"딱 봐도 이놈 몸값은 좀 하게 생겼잖냐. 그러니까… 양하대곡(洋河大曲)으로 하자."

"야, 양하대곡은 황실의 공물로……."

"그러니까 그걸로 하자는 거지. 아니면 고정공주(古井貢酒)로 할래?"

"아, 아닙니다. 그냥 양하대곡으로 하겠습니다."

황실의 공물인 건 양하대곡이나 고정공주나 마찬가지다.

하지만 수량은 고정공주가 더 적다. 그만큼 구하기도 어려웠다.

"좋아, 그럼… 이놈은 뭐로 할래?"

뇌마에서 잔살도마에게로 시선을 옮기는 담운 선사를 따라 고군겸의 눈도 함께 움직였다.

"모태주(茅台酒) 정도면 어떠실지……?"

"대신 비선패(飛仙牌)로 하자."

"그건 좀……."

"그럼 얘는 뺄까?"

신임 포두 • 117

"아, 아닙니다. 그리하겠습니다."
두 사람이 하는 양을 지켜보던 세영이 끼어들었다.
"뭐하는 거요?"
"뭐하긴? 합의 중 아니냐?"
"뭔 놈의 합의를 술로 하냐는 거유."
"하면, 뭐로 해?"
"이런. 사부, 합의는 뭐니 뭐니 해도 현금이 최고인 거요."
"돈 따위로 무엇을……. 난 그냥 술로 하련다."
"그럼 내가 돈으로 하고, 그 돈으로 술을 사 드리면 어때요?"
"됐다. 내가 잡아 온 놈들이니 내 마음대로 하련다."
"내 참……."
구시렁거리는 세영을 무시한 채 담운 선사와 고군겸의 합의가 거의 막바지에 이르렀을 때였다.
"저기⋯ 한 명이 빕니다만……."
"한 명? 그럴 리가⋯ 이놈들이 단데?"
"저기 대인께 침⋯ 을 뱉었다고……."
"아! 그 불쌍놈!"
"아하하⋯ 네, 그 불쌍놈⋯ 어디에 있는지?"
"취조실에 있다."
"취, 취조실이요?"
취조실이 거론되자 모든 이들이 세영을 쳐다보았다. 그

시선에 세영이 어이없는 표정으로 물었다.

"왜?"

"아, 아닙니다. 그런데 취조실에는 왜……?"

"그놈은 미성년자… 뭐랬지?"

담운 선사의 물음에 저필이 재빨리 답했다.

"미성년자 약취입니다."

"그래, 미성년자 약취. 그리고 폭행 또…….."

"침을 뱉었으니 경범죄 처벌 규정 위반입니다."

묻기도 전에 답하는 저필의 말에 싱긋 웃어 보인 담운 선사가 말을 이었다.

"들었지? 그놈은 못 풀어 줘."

"고정공주를 드리겠습니다."

고군겸의 말에 담운 선사가 고개를 저었다.

"고정공주가 아니라 고정공주 할아비를 준대도 안 돼. 놈은 법대로 처리할 거다."

"대, 대인……!"

"어떤 새낀데 그래?"

끼어드는 세영에게 고군겸이 서둘러 답했다.

"재화당의 감 당주입니다, 대인."

"감 씨! 한데 웬 미성년자 약취?"

"그, 그게… 채권 환수 과정에서…….."

고군겸의 답에 세영의 미간이 찌푸려졌다. 감무경과 자신의 첫 대면 장면이 떠올랐던 것이다.
"그 새끼, 여적 그 짓거리 하고 다니는 거야?"
"아, 아닙니다."
"아닌데 미성년자 약취란 죄명이 붙어? 가만, 이것들 또 헛짓거리 하고 다닌 거야?"
"그, 그게 아니오라……."
당황하는 고군겸의 모습에 세영의 시선이 저필에게 향했다.
"저필."
"예, 포교님."
"가서 기름하고, 구열 오라고 해."
"옙."
복명한 저필이 답하고 달려 나가자 담운 선사가 고군겸에게 속삭였다.
"어째 일이 커진 거 같다. 그지?"
마치 다른 사람 이야기를 하는 듯한 담운 선사를 고군겸이 야속하게 바라보았다.

제58장
개봉 환란(患亂)

 저필의 연통을 받은 기륭과 구열이 황급히 뇌옥으로 달려왔다.
 "찾으셨습니까?"
 복명하는 두 사람을 흘깃 바라본 세영이 고개를 끄덕였다.
 "어, 구열."
 "예, 포교님."
 "요사이 개봉 순찰 안 도나?"
 "개봉 좌포청의 관할 지역이 중원 전역으로 확대된 이후네, 개봉에 대한 순찰은 중단되었습니다."
 "그럼 개봉은 누가 순찰해?"

"개봉을 비롯한 하남 전역에 대한 관할권은 얼마 전에 귀환한 낙양 좌포청에 귀속되었습니다."

"그럼 낙양 좌포청이 개봉의 순찰을 담당하는 건가?"

"예."

포쾌들의 우두머리인 포정은 기륭이다.

하지만 기륭이 새로 창설된 비호대로 배치되면서 구열이 사실상 포정의 업무를 도맡고 있었던 것이다.

"그래서 순찰을 돌긴 하고?"

"그게… 낙양 좌포청의 관인이 개봉에 들어온 적이 없습니다."

"아니, 왜? 혹시… 돈 받아먹고 눈감아 주는 건가?"

"그게 아니라… 낙양에서 곤욕을 치르느라 제대로 관할권 행사를 못하고 있는 것으로 압니다."

"곤욕을 치러?"

"예."

"무슨 이유로?"

"낙양엔 백도맹이 있습니다."

"근데?"

너무나 해맑은 표정으로 '근데?' 하는 세영을 흘깃 올려다본 구열이 재빨리 답했다.

"그 백도맹과 낙양 좌포청이 연일 충돌을 벌이고 있는 것으로 압니다."

"아니, 백도맹이 왜?"

"그게… 포교님이 처음 부임하셨을 때 천강문과 개방 등과 벌어진 일련의 일을 참고하시면……."

"아! 구역 다툼이라 그건가?"

"비슷합니다."

구열의 답에 턱을 긁적거리던 세영이 명했다.

"지금 즉시, 좌포청 전 인원은 연무장으로."

"예?"

"쓰읍! 말 두 번 시킬래?"

사나운 세영의 눈길에 구열이 부동자세를 취했다.

"아, 아닙니다. 즉시 좌포청 전 인원은 연무장으로 집결!"

"그래. 실시해."

"실시!"

복명한 구열이 뛰어나가자 세영의 시선이 기름에게 향했다.

"비호대도 마찬가지. 집결."

"옙."

마찬가지로 복명한 기름도 뛰어나가자 담운 선사가 궁금한 표정으로 물었다.

"어쩌려고?"

"어쩌긴요, 간댕이가 출장 나간 놈들 배때기 좀 열어 봐야죠."

"오~ 그럼 막 칼로 배 쑤시고 그러는 거야?"
"필요하다면요."
세영과 담운 선사의 대화에 고군겸을 비롯한 이들의 얼굴에서 핏기가 빠져나가고 있었다.

느닷없이 개봉에 조직 왈패 일제 소탕령이 내려졌다.
그 소식을 듣고 제일 먼저 몸을 사린 건 개봉 뒷골목을 주름잡는 흑도들이었다.
한데, 정작 철퇴는 천강문을 비롯한 개봉에 위치한 몇몇 소문파에 떨어졌다.
그간 잠잠했던 개봉 좌포청의 포쾌와 정용들이 풀려 나오며 무장한 이들은 닥치는 대로 잡아들이기 시작했다.
그 과정에서 벌어진 일들이 개봉을 떠들썩하게 만들었다.
"글쎄, 천강문주가 잠을 자다 고쟁이 바람으로 끌려갔다던데?"
한 장사치의 말에 다른 장사치가 손을 내저었다.
"말도 안 돼! 천강문주의 무공이 얼마나 센데. 아무리 개봉 좌포청이라도 그건 불가능해."
두 장사치의 말에 옆에 있던 개봉 사람이 끼어들었다.
"이런, 도대체 어디 살다 온 사람이야? 뇌마가 잡혀 들어간 게 언젠데 천강문주가 무사해?"
"뇌마를……? 그럼 소문이 사실이었단 말이야?"

"에헤, 그게 언제적 사건인데 이제 와서… 달나라 사람이로구먼."

그들의 대화에 또 다른 이가 끼어든 건 그때였다.

"이 사람들아, 그게 문제가 아니야. 당신들, 유리검(琉璃劍) 알지?"

"유리검… 설마 백대고수의 으뜸이라는 유리검?"

"뭐, 살마란 작자하고 서로 으뜸이라고 하는 모양이지만… 그래, 바로 그 유리검."

"그가 왜?"

"그자가 오늘 만신창이가 돼서 잡혀 들어갔다네."

"이런 말도 안 되는. 내가 들어 본 거짓말 중에 최고다!"

천강문주가 잡혀 들어간 걸 믿지 않았던 장사치의 말에 나중에 이야기에 끼어든 사람이 정색을 했다.

"거짓말이 아니야, 이 사람아."

"세상에 그만한 고수를 누가 잡아가나?"

"글쎄… 철환신왕이 좌포청에서 일한다는구먼."

"에라이, 왜? 아예 삼존 중에서도 좌포청에서 일하는 사람이 있다고 하지."

"어! 어찌 알았어? 낙영검존이 좌포청에 있는 거?"

맨 나중에 끼어든 사람의 말에 그 옆의 장사치가 손사래를 쳤다.

"에이, 그건 좀 아니다."

"내가 개봉 좌포청을 좀 아는데, 그런 말은 금시초문인데?"

불쑥 대화에 끼어드는 행인에게 장사치들의 시선이 모여들었다.

"응? 개봉 좌포청을 알아? 당신이 누군데?"

"나? 나 수춘이라고… 개봉 좌포청하곤 꽤 친해."

"오~ 그럼 말 좀 넣어 주시오."

한 장사치의 말에 수춘이 물었다.

"무슨 말?"

"우리 조카가 무공이 꽤 센데, 정용 시험이라도 볼 수 있게 해 달라고 말이오."

"예끼, 이 사람아. 개봉 좌포청이 아무나 들어가는 덴가? 자네 조카를 넣어 달라게."

"그냥 넣어 달라는 게 아니라 시험을 좀 보게 해 달라는 거 아니오. 그거만 해 줘도 내가 크게 한턱 쏘리다. 물론 후사도 하고. 흐흐흐"

능글맞게 웃는 장사치의 표정은 진지했다. 그 얼굴을 본 수춘이 갈등 어린 표정을 지었다.

"저, 정말인 거야?"

"그럼. 내 한 입으로 두말한 적 없는 사람이올시다."

그 장사치의 말에 여기저기서 고개를 끄덕이는 이들이 나왔다. 그사이, 한 장사치가 말했다.

"하긴 매년 있던 정용 시험이 이번엔 없었지?"
"그러게. 원래는 지난달에 했어야 하는 거잖아?"
이런저런 소리에 수춘의 입에서 침음이 흘렀다.
"흠……."

※   ※   ※

집무실에서 서류를 정리하던 세영이 느닷없이 펼쳐 보고 있던 서류 더미를 집어 던졌다.
우당탕탕!
어지럽게 흩어지는 서류들을 바라보며 세영이 투덜거렸다.
"빌어먹을! 임시라서 서류 처리 안 할 거면 뭐하러 포두 하냐고!"
그랬다.
담운 선사는 자신은 임시직이라서 서류 처리는 할 수 없다고 버텼던 것이다.
사부의 억지에 도움의 눈길 보냈던 수부타이마저 무슨 소리를 들었던지 슬그머니 세영의 시선을 피하는 바람에, 예전이나 지금이나 그는 서류에 파묻혀 죽기 직전이었다.
"어머! 뭐 하세요?"
갑작스런 교성에 고개를 돌리니 문가에 서 있는 지현의

모습이 보였다. 아무리 비호대의 대원이라지만 직급이 자그마치 7단계나 위인 시어사다.

"아! 왔어."

말은 반말일지라도 자리에서 일어나 예의는 차렸다.

"예. 한데… 무슨 서류가 그리 많아요?"

"좌포청에서 처리해야 하는 기본 서류들."

"그걸 혼자 다 해요?"

"포교라고는 나 하나니까."

"시사부님은요?"

"사부는 임시라서 못하겠대."

그제야 대강 무슨 상황인지 이해가 간 지현이 방 안으로 들어서서 흩어진 서류들을 정리하며 말했다.

"내가 도와줄까요?"

"저, 정말?"

"그럼요. 이래 봬도 나, 어사대 최고의 석학이었어요."

그랬을 것이다. 그랬으니 몽고인도 아니고 한인이, 그것도 여인이 시어사라는 중책을 맡고 있겠지.

"그, 그럼 부탁 좀 해도 될까?"

"그러죠, 뭐."

말과 함께 지현은 집무실의 비어 있는 책상에 앉아 서류를 정리하기 시작했다.

그런 그녀에게 세영이 자신의 책상에 쌓인 서류들의 절

반을 나누어 주었다.

 그리고 한 시진…

세영의 책상에 쌓인 서류가 3분지 1쯤 줄었을 때 지현의 책상은 이미 깨끗해져 있었다.

"더 도와줄까요?"

물어 오는 지현에게 세영이 고개를 끄덕였다.

그 모습에 작게 웃은 지현이 세영의 책상 위에 쌓인 서류의 대부분을 가져갔다.

그럼에도 지현은 세영이 자신의 몫으로 남은 서류를 정리하는 동안 가져간 서류의 모든 처리를 끝냈다.

"와, 대단한걸."

"말했잖아요, 나 어사대 최고의 석학이었다고."

지현의 말에 세영이 엄지손가락을 치켜들었다.

"그래, 인정. 너 최고다."

세영의 칭찬에 배시시 웃은 지현이 슬그머니 다가왔다.

"왜, 왜?"

당황하는 세영에게 지현이 청초한 웃음을 달고 은근한 목소리로 물었다.

"나 안 예뻐요?"

"그, 그야……."

예쁘다. 주관적으로든, 객관적으로든 유지현은 상당한 미인이었으니까.

주저하는 세영에게 입을 삐쭉여 보인 지현이 물었다.
"그런데 왜 그렇게 빼요?"
"빼, 빼긴 누가 뭘 뺐다고 그래."
잔뜩 긴장하는 세영의 모습에 지현은 피식 웃었다.
"나 뭐 하나만 물어도 돼요?"
"어째 무서워진다?"
"그냥 사실대로 대답하면 되는 거예요."
"뭘 물어보고 싶은 건데?"
"집에 들인 여자… 어떤 사이예요?"
"……."
답을 못하는 세영을 바라보는 지현의 표정이 굳었다.
"좋아… 하는 여자예요?"
"잘… 몰라."
"무슨 대답이 그래요?"
"사실이니까."
답하는 세영의 표정이 진지하다는 걸 깨달은 지현의 눈에 놀람이 깃들었다.
"정말… 이로군요."
"사실이라고 말했잖아."
"그럼 앞으로 어쩔 생각인 거죠?"
"그걸 알아보려는 중이야."
세영의 답에 지현이 물었다.

"나… 부탁 하나 해도 돼요?"

"……"

지현의 물음에 세영은 말없이 어깨를 으쓱여 보였다.

"앞으로 어쩔 생각인지 알아보는 거… 나한테도 해 줄 수 있어요?"

잠시 지현을 바라보던 세영이 말했다.

"그렇지 않아도 한번 물어보고 싶었어. 도대체 왜 나한테 이러는 거지? 난 몽고인도 아닌 데다 일개 포교에 지나지 않는데."

"어느 나라 출신이라는 거, 그리고 지금의 직급은 중요한 게 아니라고 생각하니까요."

"그럼 뭐가 중요한 건데?"

"그 사람의 됨됨이죠."

지현의 답에 세영이 피식 웃었다.

"그럼 한참 잘못 짚었어. 나 사부한테도 막말도 하고 그래. 직접 봤잖아?"

"그거야 시사부님이 좋아하시니까요. 당신이 그렇게 대거리하는 걸 시사부님이 재미있어 하신다는 거 알고 있잖아요."

지현의 말에 세영은 한동안 말없이 그녀를 바라보았다. 그런 그에게 지현이 작게 웃어 보였다.

"남자들은 눈치가 빠른 여자를 싫어한다는데… 생긴 게

이런 걸 어쩌겠어요."

"눈치가 빠르니까 알아차렸겠지만, 난 성공이나 명예엔 관심 없어. 포교인 가업을 포기할 생각도 없고."

"상관없어요."

"내가 성혼해서 아이들을 나아도 그게 사내라면 모두 포교를 시킬 거야."

"딸한테 시켜도 상관없어요."

흔들림 없는 지현의 모습에 세영이 고개를 갸웃거리며 물었다.

"도대체 날 언제 봤다고 이렇게 확신에 차 있는 거지?"

"개평의 황궁에 들어왔을 때 보았어요."

"개평……. 그럼 우승상하고 어사대부 만나러 갔을 때?"

"예."

어사대의 시어사다.

황궁의 고관들을 상대로 감찰과 재판을 맡는 사람이니 충분히 황궁에 있었을 수도 있었다.

한데…….

"그때 내가 뭘 했나?"

"아뇨."

"근데 내 어디를 보고?"

"음… 얼굴?"

그 말끝에 '풋-' 하고 웃는 지현의 모습에 세영의 눈이 반짝였다.

"왜요? 내 얼굴에 뭐 묻었어요?"

"아, 아니… 그냥……."

"나 예뻐서 그런 거죠?"

"응? 아, 아니, 뭐… 그, 그냥……."

유달리 당황하는 세영의 모습에 지현의 눈이 커졌다.

"정말이에요?"

"아~ 덥다. 요샌 너무 더워."

괜한 날씨 핑계를 대고 집무실을 나가는 세영의 뒷모습을 바라보는 지현의 눈이 별처럼 반짝거렸다.

❀　　❀　　❀

집무실을 나선 세영은 취조실로 향했다.

그 와중에 마당에 나와 햇볕을 쪼이고 앉아 있는 담운 선사를 발견한 그가 쪼르르 달려가 곁에 쪼그리고 앉았다.

"사부."

"왜?"

"나… 바람기 있나 봐요."

그 말에 슬쩍 세영을 일별한 담운 선사가 말했다.

"왜? 조강지처하고 첩실 사이에서 갈등이라도 생기더냐?"

"조, 조강지처는 뭐고 또 첩실은 뭐유?"
"그럼 기녀를 조강지처로 앉힐 셈인 게야?"
 못마땅한 사부의 표정에 주변을 둘러본 세영이 낮은 음성으로 핀잔을 주었다.
"황가나 막가 놈이 들어요. 그리고 과거에 뭐였다는 게 무슨 상관이우. 지금이 중요한 거지."
"세상이 네놈 말처럼 그리 간단하면 나도 좋겠다."
 무언가 잔소리가 더 이어질 거라 생각했는데 담운 선사는 그 말뿐이었다. 그런 사부에게 세영이 물었다.
"한데 사부는 왜 유 소저가 좋은 거요?"
"유 씨 처자야 웃어른 공경 잘하고, 눈치도 빠르고, 음식 솜씨도 좋더라. 너도 먹어 봐. 아침 정말 잘 차렸더라."
"…이것저것 다 잘하는 소저네."
"그러니 조강지처 감이지."
"거- 술 좀 얻어 마셨다고 너무 감싸고도는 거 아니우?"
"뭐, 그것도 있긴 하다만… 네놈이 집에 들인 처자, 위험한 건 아는 거냐?"
"사부한테 배운 게 십수 년이요, 눈치로 때려 잡아도 내가 과거 시험도 장원일 게요."
 세영의 넉살에 담운 선사가 피식 웃었다.
"그런데도 곁에 둔 게야?"
"사부가 그런 사술은 나한테 안 통한다고 했잖우."

"그야… 네놈은 좀 특별하니까."
"또 그놈의 천살성(天殺星) 이야기요?"
"그리 헐게 듣지 마라. 요사이 천기가 요상하니까."
그 말에 창창한 하늘을 올려다본 세영이 투덜거렸다.
"맑기만 하구만, 뭐."
"그래야 하는데… 아니니 걱정이지, 이놈아."
"뭘 걱정이래. 사부가 있으면 그런 거 발톱의 때만큼도 걱정할 거 없는 거 아니오?"
세영의 말에 담운선사의 눈이 반달을 그렸다.
제자에게 받는 무한한 신뢰만큼 그를 기쁘게 만드는 것은 없으니까.
하지만…….
'남은 시간이 너무 짧은 게야……. 빌어먹을! 부처님, 자비가 온 누리를 채워야 한다는 양반이… 빈승의 죄를 이리 독하게 묻는 건 너무한 거 아닙니까?'
"사부?"
"으, 응?"
"뭔 생각을 그리 골똘히 해요?"
"그야… 오늘은 뭔 술을 마실까 해서지."
"천강문 애들 못 풀어 주고 있는데 누가 술을 갖다 준다고?"
"그래서 조강지처 감이라는 게다."

담운 선사의 답에 세영이 방금 전에 나선 자신의 집무실을 돌아봤다.
"정말 대단한 소저라니까."
"그만큼 사리가 깊다는 것이겠지. 역시 놓치긴 아까운 처자야."
"하긴 일 처리도 잘합디다."
"그래, 그러니 놓치기 전에……."
"됐수. 그나저나 나 취조실 갈 건데 같이 가실래요?"
"됐다. 우중충한데 뭐하러. 아! 그리고 그 이가 놈한테 환기 좀 잘 시키라고 해라. 취조실에 한번 가면 아주 똥 냄새에 코가 썩겠더라."
담운 선사의 말에 세영이 웃었다.
"하하, 알았수."
일어서 뇌옥 쪽으로 걸어가는 세영을 바라보는 담운 선사의 눈빛이 깊었다.

뇌옥을 통해 지하 취조실로 들어선 세영은 담운 선사의 말대로 확 번져 오는 똥 냄새에 코를 잡았다.
"오셨습니까?"
환하게 웃으며 인사하는 이축을 바라보며 세영이 인상을 썼다.
"넌 아무렇지도 않냐?"

"좀 지나면 적응됩니다. 아시지 않습니까, 뒷간에 잠시만 앉아 있으면 냄새에 무뎌지는 거."

"아무리 그래도…… 그나저나 좀 나온 거 있냐?"

"아! 예, 몇 가지……. 그런데 그중에 좀 웃긴 게 있어서요."

"웃긴 거?"

"예, 달리 표현하기가 어렵습니다."

"뭔데?"

세영의 물음에 이축이 천강문에서 압류해 온 서류 더미 속에서 장부 하나를 꺼내 펼쳤다.

"여기를 한번 보십시오."

"금자 삼만 오천 냥을 낙양으로 보내다. 금자 육만 칠천 냥을 낙양으로 보내다. 금자 팔만 구천 냥을 낙양으로 보내다. 낙양에서 무슨 거래가 있었나?"

"그게… 이쪽을 보시죠."

"낙양에서 정주의 일을 양해하다?"

"정주는 백도맹의 영향하에 있는 지역입니다. 마도 문파인 천강문이 무엇을 하기엔 위험한 지역이라는 소리죠. 그리고 낙양엔 백도맹이 있습니다."

"흠… 그럼 이곳에 적힌 양해를 받기 위해 백도맹에 돈을 보낸 거다?"

"제 생각은 그렇습니다. 그래서 몇 놈을 조져 봤는데 전혀 안 불더군요."
"그래서?"
"며칠 담가 두었니……."
 취조실에 풍기는 냄새만으로도 어디에 담갔는지는 굳이 물을 필요가 없었다.
"그래서 얻은 게 있나?"
"여기……."
 그는 취조 과정에서 나온 정보를 정리한 서류 중 하나를 세영의 앞에 꺼내 놓았다.
"송화장?"
"상가입니다. 송나라 시절엔 하남 제일의 상단으로 불릴 정도였는데, 하남을 금이 차지하고 급격히 기울어서 지금은 버티는 게 용하단 평가를 받는 곳이죠."
"한데 이곳을 왜?"
"그걸 파악하기 위해선 천강문의 시조가 누구인지부터 아셔야 합니다."
 이축의 말에 세영이 볼을 긁적였다.
"누군데?"
"이백 년 전의 강호 오대고수인 광풍철도(狂風鐵刀) 국예서입니다."
"강호 오대고수? 십대가 아니라?"
"백마대전이 마무리된 직후라서 고수 층이 얇았던 시대

랍니다."

"뭐, 그럴 수도 있겠네. 그래서?"

"이 광풍철도가 두 가지 절예를 남겼는데, 하나는 지금 천강문에 이어지는 천강도법이고, 다른 하나는 한화도법(寒花刀法)입니다."

"한화도법?"

"예. 강호에 회자되는 이야기로는 당대의 광풍철도가 이 한화도법을 펼치면 반경 십여 장에 눈꽃이 만발했답니다. 물론 피에 물든 눈꽃이었다지만……."

"꽤 했던 도법인 모양이네."

"당대 최강의 도법이었다고도 합니다."

"그런 걸 가진 문파가 저 모양은 아닐 거고. 실전했나?"

"예, 광풍철도 사후 그의 아들이 소지하고 다녔는데… 실종되었습니다."

"대충 무슨 말인지 알겠어. 한데 그거하고 송화장이 무슨 상관인데?"

세영의 물음에 답하는 이축의 음성이 낮아졌다.

"그 한화도법을 송화장이 가지고 있답니다."

"상가라면서?"

"상가는 돈이 많죠. 그걸 지키기 위해서 대부분 거대 문파에 후원금을 내고 보호를 받습니다만, 기본적인 방어력은 자체적으로 갖추기 마련입죠."

"그럼… 설마?"

"조사해 본 바에 의하면 송화장의 무사들이 음한지공을 기반으로 하는 도법을 사용한다더군요."

"천강문이 욕심을 낼 만했구만."

그뿐이다. 달리 말이 없는 세영을 바라보며 이축이 물었다.

"저기… 이거 회수 안 합니까?"

"그걸 왜? 우리 거도 아닌데."

"그래도 천고의 비급인데……."

"천고는 무슨……. 지금 연무장 마당에서 햇볕 쪼이고 있는 사부한테 졸라 봐라. 내 장담하건대, 그거보다 나은 거 몇 개는 나올 거다."

세영의 말에 눈을 크게 떴던 이축은 이내 수긍의 표정이 되었다.

낙영검존을 한 주먹에 기절시키고 천하의 무극검웅이 고개를 조아리는 사람이다.

알고 보니 살아 돌아온 달마라 해도 믿을 판이었던 것이다.

"그래도 이건 관심을 좀 가지셔야 할 듯합니다."

"왜?"

"이상하게 소문이 퍼져 나가고 있습니다."

"소문이?"

"예, 그것도 마도 쪽으로만……. 이건 제 생각입니다만, 송화장으로 향하려는 마도의 무문들에게서 막대한 재물이 백도맹으로 흘러들어가고 있는 것 같습니다."
"그 말은……?"
"아무래도 백도맹 애들이 장난을 치는 거 같습니다."
이축의 말에 세영의 표정이 굳었다.

제59장
백도맹의 뒷주머니

 세영에게 보고를 받는 수부타이의 표정은 어두웠다.
 "그것이 사실이라 해도… 조정에 해가 되는 것이 아니라면 문제가 될 게 없지 않나?"
 "그 돈을 어디서 만들 거라고 생각하십니까?"
 "그야 가지고 있던 돈으로……."
 "가지고 있던 돈을 쓰면 채우려 들기 나름이죠. 그건 어디서 채우겠습니까?"
 세영의 물음에 수부타이가 곤혹스러운 표정으로 물었다.
 "백성에게서 빼… 앗고 있다고 말하고 싶은 겐가?"
 "천강문의 경우 빌려 줬던 돈을 받았습니다. 그 외에 자릿세를 걷거나, 상가의 보호세를 받았죠."

"그거야 무가들이 관행적으로 해 오던 것이 아닌가?"

"일반적이라면 그런데… 이번엔 문제가 좀 있더군요."

"무슨……?"

"세를 올렸더군요. 좌판을 펴고 장사하는 이들에게 받는 자릿세는 오 할, 상가의 보호세 같은 경우는 칠 할이 올랐습니다. 채권 회수도… 문제가 많더군요. 채무자의 딸이나 아내를 기루에 팔아넘긴 사례가 계속해서 나오고 있습니다."

"흐음……."

무겁게 침음을 흘린 수부타이가 세영에게 물었다.

"백도맹이 어떤 상대인지는 알고 있나?"

"대충은요."

"자칫 잘못 건드리면 우린 쥐도 새도 모르게 죽을 수 있네."

"그렇다고 모른 척할 수는 없는 거 아닙니까?"

"정히 관여를 해야 하겠나?"

"예, 허락해 주십시오."

세영의 요청에 한참 동안 고심하던 수부타이가 어렵게 입을 열었다.

"흠… 이야기가 나왔으니 하는 말이네만, 사실 낙양 좌포청에서 지원 요청이 온 지 좀 되었네. 그것을 받아들여 보겠나?"

"그리하겠습니다."

"비호대를 투입하겠지?"
"그래야 하지 않겠습니까?"
"책임자로서 무책임한 말이겠지만 자네만 믿겠네."
"노력… 해 보겠습니다."
세영의 말에 수부타이는 고개를 끄덕이기만 했다.

포령의 허락을 얻은 세영은 곧바로 비호대를 소집했다.
세영에게서 대강의 사정을 들은 그들의 반응은 회의적이었다.
그중 가장 강력한 반발은 당홍에게서 나왔다.
"있을 수 없는 일일세."
"어째서?"
"백도맹은 백도의 안녕과 질서를 위해 설립된 단첼세. 개인의 비리라면 있을 수 있다지만 지금 같은 일은 개인이 벌일 수 없는 일. 결국 백도맹이 계획적으로 벌이고 있다는 건데, 그건 백도맹의 의사 결정 과정상 절대로 일어날 수 없는 일이네."
"그럼 백도맹 놈들이 모두 짜고 치나 보지."
"말도 안 되는!"
당홍의 거친 음성이 터져 나왔지만 예상외로 비슷한 입장인 낙영검존은 묵묵부답이다.
그게 의외였던지 세영이 물었다.

"어이, 그쪽은 왜 조용한 거야?"

"그게… 우리 쪽은 잘 알지 못하니까……."

"무슨 소리지? 백도맹이면 구파일방이 중심 아니었나?"

세영의 물음에 낙영검존은 아무 말도 하지 않았다.

그런 그와 심기 불편해 보이는 당홍을 일별한 양후가 조심스럽게 입을 열었다.

"요사이 백도맹은 구파일방의 손을 떠났소. 실질적으론 오대세가가 주도를 하고 있다고 봐야 할 거요."

"오대세가… 당가도 포함되나?"

"물론이오. 하지만 백도에선 조금 묘한 위치요."

"어째서?"

"사용하는 무공이나 성향 때문인지 몰라도 당가는 정사지간으로 분류되는 편이오."

양후의 말에 세영이 당홍을 바라보았다.

"맞아?"

"대충은……."

"그래도 백도맹의 운영에는 참가하고?"

"아니라면 그런 대우를 받으며 붙어 있을 필요가 없지."

그제야 당홍이 절대 있을 수 없는 일이라고 말한 이유를 알 수 있었다.

하지만…….

"영감, 당가에서 위치는 확실한 거야? 뭐, 보고를 못 받고 그런 건 아니고?"

"내 아들이 가주일세. 무슨 말이 더 필요한가?"

당홍의 말에 세영은 할 말이 없었다.

그렇다고 의심이 사라진 것은 아니다. 자신의 치부를 아비에게 고스란히 드러낼 수 있는 아들은 없는 법이니까.

"여하간 조사는 한다."

"정말 있을 수 없는 일이라는데도."

"이건… 명령이다."

세영의 말에 당홍의 표정이 일그러졌다.

그래도 할 수 없었다. 정말로 무언가 있다는 느낌이 강했으니까.

가라앉은 분위기 탓에 막야가 조심스럽게 물었다.

"저기… 정보를 수집할까요?"

"아니, 너무 위험해. 이번 일은 직접 움직인다."

"어찌……?"

"부딪치다 보면 얻어지는 것이 있겠지."

다음 날, 비호대는 낙양으로 떠났다.

무슨 생각인지 담운 선사는 개봉에 남았다. 세영으로서도 사부가 개봉을 지켜 주는 것이 마음이 편했다.

그리고 지현도 따라나서지 않았다. 안전을 장담할 수 없었던 탓에 세영은 그 결정을 쌍수를 들어 환영했다.

※ ※ ※

 낙양에 대한 첫 느낌은 고풍스럽다는 것이었다.
 수없는 전란이 할퀴고 갔음에도 2천 년이 넘는 고도의 숨결이 도시 전체를 휘감고 있었다.
 그 고도의 중심, 과거 수와 당, 후양, 후당의 황궁이었던 곳에, 중원을 나눈 또 다른 세계의 중심이 들어서 있었다.

〈백도맹〉

 일필휘지로 쓰인 현판을 올려다보는 세영을 백도맹의 수문 위사들이 사나운 눈으로 노려보았다.
 포청의 관복을 차려입은 관인임에도 그들의 시선은 노골적이었다.
 그것만으로는 성에 안 찼는지 수문 위사 하나가 세영에게 다가왔다.
 "무슨 일인가?"
 "인가? 말이 짧다."
 세영의 말에 수문 위사의 눈썹이 꿈틀거렸다.
 "어린놈이 입이 걸구나."
 "어린놈?"
 "가라, 이곳은 너 같은 어린놈이 올……."

퍽-!

무언가 폭발하는 소리가 들리고 수문 위사가 길 위에 길게 누웠다.

잠시 무슨 상황인가 어리둥절해하던 나머지 수문 위사들이 상황을 인지하고 세영에게 달려들었다.

서류를 들여다보고 있던 제갈기진에게 외총관이 찾아온 것은 점심 식사를 막 하려던 참이었다.

"외총관께서 어쩐 일이십니까?"

"군사, 문제가 생겼습니다."

"무슨……?"

"수문 위사들이… 좌포청으로 잡혀갔다 합니다."

외총관의 말에 잠시 그를 멍하니 바라보던 군사가 고개를 갸웃거렸다.

"비번인 위사들이 있었습니까?"

"그게… 근무 중에……."

"근무 중인 위사를 좌포청이 추포해 갔다, 설마 그런 말씀을 하시는 건 아니시겠지요?"

"그것이… 맞소."

답하는 외총관의 표정은 곤혹스러움으로 가득했다.

그럴 수밖에 없는 것이, 맹의 경비와 수문을 담당하는 위사각은 외총관부의 휘하였기 때문이다.

"허, 가잖다고 갔단 말입니까?"

"그럴 리가……. 강제 추포인 듯합니다."

"인 듯… 하다? 그럼 정확한 것도 파악을 못하고 있는 것입니까?"

"이거… 창피한 이야기입니다만, 위사각도 교대 시간이 되어서야 수문 위사들이 없다는 것을 발견했습니다."

외총관의 답에 미간을 찌푸린 제갈기진이 물었다.

"하면… 그동안은 정문이, 백도맹의 정문이 무주공산이었다, 그 말입니까?"

"면목이 없게 되었습니다."

"흠……."

작은 문제가 아니다.

아니, 외총관과 척을 지고 있는 내총관이 안다면 이는 외총관이 자리에서 물러나야 할 정도로 커다란 문젯거리가 될 수 있을 만큼 중요한 사안이었다.

"어찌하면 좋겠습니까?"

외총관의 물음에 잠시 생각을 가다듬은 제갈기진이 물었다.

"한데, 그들이 좌포청으로 추포되어 간 것은 어찌 아셨습니까?"

"포쾌 하나가 달려와서 통보하여……."

"통보를 하였다는 것은 우리와의 문제를 심각하게 만들

고 싶지 않다는 뜻이니, 사람을 보내 원만히 해결을 보시지요."

"그게… 좌포청의 통보는 공무 수행 중인 관인을 모욕하고 공격한 행동이 백도맹의 명에 의한 일이었는지 확인해 달라는 것이었습니다."

"공무 중인 관인을 모욕하고 공격했다? 우리 수문 위사들이 말입니까?"

"그렇다 하더이다."

외총관의 답에 제갈기진의 눈살이 찌푸려졌다.

답이 모호한 까닭이다.

자신한테 오기 전에 사실 관계부터 확인해 봤어야 했다.

아니, 아니다. 중요한 건 하나둘도 아니고 10여 명에 가까운 수문 위사들이 모조리 잡혀갔다는 것이다.

'누가, 어떻게?'

"혹시… 좌포청이란 게, 개봉 좌포청입니까?"

"낙양 좌포청의 포쾌가 달려왔었습니다만."

개봉 좌포청에는 그 정도의 능력을 가진 고수들이 있다.

하지만 낙양 좌포청에는…….

서둘러 정보 서류를 뒤적이던 제갈기진이 고개를 갸웃거렸다.

낙양 좌포청을 조사해 놓은 정보 서류를 아무리 뒤져도 그만한 능력을 가진 관인을 발견할 수 없었기 때문이다.

'만에 하나 기존 인원이 아니라 보강되어 온 인원이라면?'
 충분히 가능성이 있었다.
 섬서로 파견을 나갔던 낙양 좌포청이 복귀하면서부터 백도맹과 지속적으로 충돌을 벌여 오고 있었으니까.
 그렇다면 누가 왔는지부터 확인하는 것이 관건이다.
 아니, 그보다는 백도맹의 위세를 회복하는 것이 우선이다. 한번 빼앗긴 기세는 찾기 어려운 법이니까.
 상대가 관부라고 맹이 행동하지 않을 것이라 예상했다면… 그건 옳은 판단이다.
 아무리 낙양에서 백도맹의 위세가 크다 할지라도 관부를 공식적으로 건드릴 수는 없다.
 그러니…….
"일단 빼내야지요."
"그리해야 하긴 하겠소만… 무력 단체를 밖으로 빼내자면 맹주님의 승인이 필요한 탓에……."
"공식적으로는 그렇지요."
 제갈기진의 말에 외총관의 눈이 반짝였다.
"그 말은……?"
"군사부 밀각(密閣)은 잠시 귀를 닫아 두겠습니다."
 밀각은 군사부 휘하로 백도맹으로 들어오는 모든 정보를 수집, 취급하는 부서였다.
"고맙습니다, 군사."

"무슨 그런 말씀을……. 하온데 어디를 동원하실 생각이신지?"

"창궁단(蒼穹團)을 동원해 볼까 합니다."

"나쁘지 않은 선택이군요. 물론 창궁단이라는 이름을 걸 수는 없겠지만 말입니다."

"이름만이 아니라 얼굴까지 내세우지 못할 것입니다."

외총관의 말에 제갈기진이 빙긋이 미소 지었다.

"그렇군요. 내일이면 낙양 좌포청에 괴인들이 난입하였다는 소식을 듣게 되겠습니다그려."

"그렇게 될 것입니다. 그럼."

그길로 군사전을 빠져나가는 외총관, 고혼일검(孤魂一劍) 남궁호리의 뒷모습을 제갈기진이 물끄러미 바라보았다.

다음 날 아침, 여유롭게 차를 마시고 있던 제갈기진은 당황한 표정의 부군사를 맞았다.

"무슨 일이 있나?"

"문제가… 생겼습니다."

"무슨 문제?"

"창궁단이… 좌포청에 투옥… 되었습니다."

부군사의 말에 제갈기진의 눈가가 찌푸려졌다.

"아침부터 농을 나눌 생각은 없네만."

"창궁단의 움직임을 주시했는데… 귀환한 이들이 없습니다."

"그 일에 대해선 귀를 닫으라 했을 텐데?"

"귀는 닫았으나 눈은 열어 두었습니다. 최소한의 대비는 해야 하겠기에……."

"흐음……."

하긴 무슨 문제가 생겼을 때 아무것도 몰랐다면 자신은 부군사를 닦달했을지도 몰랐다.

"그래서 얻은 결론이, 창궁단이 투옥되었다?"

"야행복과 복면으로 위장한 창궁단 서른 명이 좌포청으로 들어가는 것은 확인하였으나……."

"으나?"

"나온 자가 없습니다."

"한데 투옥은 또 무슨 소린가?"

"밀각의 요원이 접촉한 좌포청 정용에 의하면, 지난밤 좌포청에 난입했던 괴인들이 투옥되어 있다 합니다."

"흠……."

제갈기진의 입에서 침음이 흘러나왔다.

밀각의 요원 하나가 황급히 부군사에게 다가온 것은 바로 그때였다.

"무슨 일인가?"

제갈기진의 물음에 밀각 요원이 부군사의 눈치를 살폈다.

그런 그에게 부군사가 명했다.

"군사님의 앞이다. 속히 고하라."

"예. 방금 전, 무애단(無涯團)을 이끌고 외총관께서 정문을 나서셨다는 보고가 올라온 터라……."

"혹 방향이……?"

"좌포청 쪽입니다."

밀각 요원의 답에 부군사의 시선이 제갈기진에게 향했다.

"어찌… 하올지?"

"즉시 밀각 요원들을 동원해서 관부의 정보가 낙양 외부로 빠져나가는 것을 막게."

"명을 받듭니다."

부군사가 부리나케 나가자 자리에서 일어선 제갈기진도 서둘러 맹주전으로 발걸음을 옮겼다.

❀   ❀   ❀

의관을 정제하고 아끼는 난을 손질하고 있던 진천검황(振天劍皇)은 아침 식전 댓바람부터 맹주전을 찾아든 제갈기진을 웃음으로 맞았다.

"군사가 이 시간에 어인 일이신가?"

"송구하오나 일이 생겨 맹주님의 청정을 방해하였습니다."

"청정은 무슨… 뒷방 늙은이의 궁상일 뿐이지. 한데 문제라 하셨나?"

뒷방 늙은이?

천하의 십대고수, 그것도 일제이황삼존사왕 중 이황의 일인에게 붙일 수 있는 호칭은 아니었다.

"송구하옵게도… 예."

"도대체 무슨 일이건대, 우리 군사께서 이리 이른 시간에 움직이신 것인지 들어나 봅시다."

느긋하게 태사의에 앉은 진천검황에게 제갈기진이 말했다.

"외총관부에 작은 사달이 벌어진 탓에……."

제갈기진의 말에 진천검황의 눈빛이 내려앉았다.

외총관부를 맡고 있는 고혼일검, 남궁호리가 바로 그의 작은 아들이었기 때문이다.

"그 사달이라는 것이 무엇인가?"

"어제 수문 위사들이 좌포청으로 추포되었습니다."

"이유는?"

"알지 못합니다. 다만… 저들의 주장에 의하면 공무 수행 중인 관인을 모욕하고 공격하였다는 것입니다."

제갈기진의 답에 진천검황의 낯빛이 변했다.

하지만 그건 관인을 모욕하고 공격했다는 것 때문이 아니었다.

"이유를 알지 못한다?"

"추포된 사실을 외총관부에서 뒤늦게 인지한 까닭에……."

"외총관부는 그렇다 치고, 밀각은?"

"송구… 합니다, 맹주."

"흐음……."

평소 같았다면 불호령을 내렸을 터였다.

하지만 지금은 아니다. 지금은 자신들, 남궁의 허물이 더 컸으니까.

"내가 무엇을 해 주어야 하는가?"

진천검황의 물음에 제갈기진이 조심스럽게 답했다.

"내총관을 끌어들여야 합니다."

"시선을 돌리는 것이 아니라 끌어들인다?"

"예."

"그리 일을 확대해야 할 연유가 무엇인가?"

"외총관이 지금 무애단을 이끌고 좌포청으로 향했습니다."

"그 무슨!"

태사의에서 벌떡 일어서는 진천검황에게 제갈기진이 재빨리 말했다.

"어젯밤, 변복하고 잠입한 창궁단이 투옥되어 있습니다."

그 말에 다시 털썩 주저앉는 진천검황에게 제갈기진의 말이 이어졌다.

"일단은, 일단은 수습이 중요합니다. 잠기엔 늦었고, 이미 벌어진 일이라면 최대한 조용히, 그리고 깔끔하게 정리해야 합니다."

"방법을… 이야기해 보게."

"살인멸구."

"흠… 새어 나가면 백도맹은 버틸 수 없네."

백도맹이 아니라 오대세가, 더 깊게는 남궁과 제갈세가가 버틸 수 없는 것이겠지만, 제갈기진은 그 말에 반론을 제기하지 않았다.

자신들의 손에서 빠져나간 백도맹은… 가치가 없었으니까.

"그렇게 두지 않을 것입니다. 해서 외총관을 끌어들이자는 것입니다."

"어찌 말인가?"

"방법은……."

이후로 이어지는 제갈기진의 말에 진천검황의 표정이 점점 딱딱하게 굳어 가고 있었다.

제60장
오대세가와의 충돌

철혈도(鐵血刀) 팽경에겐 하나의 별칭이 따라다닌다.

산저(山猪), 멧돼지다.

일단 들이박고 보는 폭급한 성정 탓에 붙은 별명이었다.

그 탓에 그가 백도맹의 안살림을 담당하는 내총관에 발령을 받았을 때, 대부분의 사람들은 고사할 것이라 생각했다.

하지만 그 예상을 뒤엎고 팽경은 백도맹의 내총관직을 수락했다.

그때 군사와 맹주가 꽤나 당황했다는 후문이 있었지만 확인된 것이 아니기에 강호의 호사가들조차 입에 담길 주저했다.

여하간 그 풍문의 주인공인 산저, 아니 철혈도 팽경이 맹주전 무사가 가져온 명령서를 받아 들고 인상을 구기고 있었다.
 "이게 뭐라고 쓰인 거냐?"
 "소인은 내용을 알지 못합니다, 내총관님."
 "흐음… 군사전의 뺀질이가 혹 맹주전에 들었었더냐?"
 "오전에 군사께서 다녀가신 것으로 압니다."
 "그럴 줄 알았다. 빌어먹을 자식. 알았으니 돌아가라."
 "어, 어찌 전하올지……?"
 "맹주령을 받았으니 피할 도리는 없는 법. 그대로 따르겠노라 이르라."
 "예, 내총관님."
 맹주전의 무사가 황급히 나가자 팽경의 곁에 있던 강맹한 인상의 30대 장한이 물었다.
 "무슨 일입니까, 형님?"
 "이걸 보게."
 팽경이 내미는 명령서를 받아 읽던 십자마도(十字魔刀)의 볼살이 실룩였다.
 "이걸 따르실 생각이십니까?"
 "남궁 놈들 뒤치다꺼리는 싫다만… 조건이 나쁘지 않질 않느냐."
 팽경의 말에 십자마도의 입이 다물렸다.
 하긴 이번 일을 조용히 끝내 주면 외총관의 자리와 맞바

꿔 주겠다는데 거절하긴 아까웠다.
 사촌 동생이 수긍한 듯하자 팽경이 말했다.
 "십자도단(十字刀團)… 준비되어 있겠지?"
 "언제라도……. 지금 갈까요?"
 "네 어깨에 팽가의 권익이 달려 있다는 거 잊지 마라."
 팽경의 말에 십자마도가 의미심장한 미소를 그렸다.
 "제 별호에 왜 '마' 자가 들어갔는지 잊으신 겝니까? 아예 손을 대지 않았으면 모를까, 손을 대면 끝장을 보기 때문입니다. 확실히 지우고 오겠습니다."
 사촌 동생의 믿음직한 모습에 팽경이 고개를 끄덕였다.
 "우형은 너만 믿는다."
 "예, 형님."
 십자마도가 나가자 팽경은 벌써부터 백도맹의 노른자위 중 하나인 외총관부로 나갈 채비를 갖추기 시작했다.

 세영과 일행이 푸른 머리띠를 한 놈들을 모조리 때려잡고 장내를 정리하던 때였다.
 관아 담을 넘는 게 무슨 유행인지, 낙양 좌포청 관아의 담을 넘어 들이닥친 놈들이 장내의 상황을 확인하고는 흠칫 멈춰 섰다.
 "뭐냐?"
 반쯤 들었다 놓은 탓에 꽤나 강렬한 충격음과 함께 떨어져 내린 고혼일검의 신형을 바라보며 십자마도가 당혹스러운 표정을 지었다.

"누, 누구냐?"

"관아의 담을 넘어 들어온 놈이 할 대사는 아니지 않냐?"

세영의 핀잔에 십자마도가 눈가를 찌푸렸다.

"저들이 누군지 알고 이따위 망동을 저지른 것이냐?"

"그럼 넌 여기가 어딘 줄은 알고 담을 타고 넘은 거야?"

"그, 그야······."

안다.

충분히 두 번, 세 번 확인하고 뛰어들었으니까. 모르려야 모를 수 없었다.

하지만 그렇게 답할 수가 없었다.

그러면 안 된다고 본능이 계속해서 경고를 보내고 있었기 때문이다.

"뭐야? 안 다는 거야, 모른다는 거야?"

세영의 짜증에 십자마도는 평생을 두고 후회할 결정을 해야만 했다.

"아, 안다."

"호오~ 그러니까 알면서 관아의 담을 넘었다? 그 말은 죽을 준비도 되어 있다는 소리겠지. 뭐해? 모조리 잡아 꿇려!"

세영의 명령이 떨어지자 여기저기 널브러진 무애단원들

을 한곳으로 끌어모으던 비호대가 움직였다.

 그 안엔 못마땅한 표정이 역력한 당홍과 낙영검존의 모습도 끼어 있었다.

 그들이 움직일 때서야 얼굴을 확인한 십자마도의 얼굴에 경악이 어렸다.

 "왜, 왜 여기에… 어, 어!"

 어어, 하다 끝장난다는 말이 있다.

 낙양 좌포청을 모조리 쓸어버리기 위해 십자도단과 함께 담을 넘었던 십자마도가 그랬다.

 무언가 번쩍인다고 느낀 순간, 이미 의식이 까무룩 하니 날아가 버렸던 것이다.

 털썩-

 십자마도가 바닥에 쓰러지는 것과 거의 동시에 서른에 달하는 십자도단의 무인들이 짚단 넘어가듯 쓰러지기 시작했다.

 그들로서는 백대고수급 다섯과, 십대고수 둘의 공격을 막아 낼 재간이 없었던 것이다.

 오죽하면 하북삼흉이나 막야는 뒤에 서서 멍하니 상황을 바라볼 수밖에 없을 정도였다.

 반각, 아니 그 정도 시간도 되지 않아서 정리된 장내를 둘러보며 세영이 명했다.

 "싹 끌어다 뇌옥에 처박아 놔!"

그러자 관아 이곳저곳에 숨어 있던 낙양 좌포청 소속 포쾌와 정용들이 뛰어나와 쓰러진 이들을 끌고 뇌옥으로 향했다.

그들 속에서 걱정으로 점철된 낙양 좌포청의 포령이 다가왔다.

"정말 이리해도 되겠는가?"

"그렇다고 당할 수는 없는 게 아닙니까?"

"그야 그렇지만… 후한이 두려워서 하는 말이 아닌가?"

다른 이들은 잘 모르겠지만 낙양 좌포청의 포령은 알고 있었다.

백도맹의 맹주인 진천검황의 능력을 말이다.

만에 하나 그가 나선다면… 낙양 좌포청은 그날부로 무덤이 될 것이었다.

❀   ❀   ❀

낙양 좌포청의 포령이 겁을 내는 진천검황은 아침을 먹기 전에 두 번씩이나 제갈기진의 방문을 받는 진귀한 경험을 하고 있었다.

"자네가 아침 식전에 두 번씩이나 날 찾으리라고 생각 못 해 봤네만……. 이번엔 무슨 일인가?"

"그것이… 같을 일입니다."

"같은 일? 그건 외총관부에 맡겨 두기로 하지 않았었나?"
"그랬지요."
"한데 왜 또?"
"그게… 내총관부의 십자도단이 투옥되었습니다."
 순간 진천검황은 자신이 뭘 잘못 들은 것이 아닌가 싶었다.
"명령서가 내려간 지 아직 반시진도 되지 않았네만."
"투옥… 확인했습니다."
"하면 무애단은?"
"십자도단이 도착하기 전에……."
 제갈기진의 답에 진천검황의 눈가가 찌푸려졌다.
"그건 있을 수 없는 일이야. 마련의 전투 집단들과 부딪쳐도 두세 시진은 지나야 결과가 나올 이들이 두 개나 투입되었는데, 겨우 한 시진 남짓에 모두 결단이 났다고? 그걸 믿으란 말인가?"
"소인도 믿기지 않습니다만… 올라온 보고는 명확합니다. '무애단, 십자도단 투옥 확인'입니다."
 진지한 제갈기진의 표정과 음성으로, 그가 농이나 불확실한 정보를 가지고 하는 말이 아니라는 것을 짐작한 진천검황의 눈빛이 가라앉았다.
"누군가 있군?"
"아직 확인은 못했습니다."

오대세가와의 충돌 • 171

그 말은 제갈기진도 누군가 그들을 순식간에 제압할 만큼 강력한 고수가 있다고 의심한다는 소리였다.
"누구라고 보나?"
"창궁단과 무애단, 거기다 십자도단입니다. 더구나 무애단은 고혼일검 외총관이 직접 이끌었습니다. 십자도단도 십자마도가 이끌었다는 것이 확인되었습니다."
  그 말은 백대고수 둘을 얹고도 박살이 났다는 소리였다.
"십대고수란 소린가?"
"그것도 최소한입니다."
무너진 시간이 너무 빠르기 때문이다.
"십대고수 이상이라면……"
둘뿐이다.
이미 신, 그 자체라 불려도 좋을 두 사람, 절대쌍웅!
하지만 그들이 왜?
설사 그들이 나섰다 해도 가능성 있는 이는 한 명뿐이다.
바로 패도마웅.
"최근 패도마웅의 근황에 대해 변경된 것이 있나?"
"없습니다. 패도마웅은 천산에 그대로 박혀 있는 것으로 파악되고 있습니다. 그리고… 무극검웅도 무당을 나선 흔적이 없습니다."
  이렇게 확신에 찬 답을 할 때엔 자신에게 오기 전에 확인해 보았다는 소리였다.

하긴 그 둘을 감안하지 않고서는 지금의 결과를 설명할 수 없을 테니까.

"그 둘이 아니라면?"

"십대고수급 둘… 아니 셋 이상이 필요합니다."

그건 절대쌍웅 중 한 명이 움직이는 것보다 더 어려운 일이다.

십대고수에 속한 이들이 모조리 각 문파에서 중요한 위치에 있기 때문이다.

서로가 추구하는 이익이 다른 문파들을 대표하는 이가 셋씩이나 뭉친다는 건… 사실상 불가능이다.

"그것을 빼면 결국 은거기인인 건가?"

"그럴 만한 기인의 출현 정보가 접수된 것이 없습니다. 해서… 밀각에 관부 고수를 뒤지라고 명을 내려놓았습니다."

"개방과 궁가방엔?"

"아시지 않습니까? 그들은 구파 외의 방파엔 정보를 제공하지 않습니다."

표면적으로는 아니다.

백도맹에도 정보를 제공하니까.

하지만 정작 중요한 정보는 모조리 누락되어서 온다.

일종의 견제인 것이다. 백도맹의 실권을 장악한 신흥 세력인 오대세가에 대한.

"흠… 조사는 시간이 걸리겠지. 그렇다고 그 시간 동안 관부의 뇌옥에 놔두기엔 너무 부담스러운 이들이 아닌가?"
"해서 드리는 말씀입니다만… 잠시 외유를 떠나시는 것이……."
"이 상황에 외유?"
"이틀 전에 제게만 말씀하시고 잠시 안휘로 떠나신 것으로 해 두겠습니다."

그 말은 이번 사건 이전에 자리를 비운 것으로 하겠다는 소리다.

한데 굳이 왜?

진천검황의 표정에서 그 의문을 읽었는지 제갈기진이 재빨리 말을 이었다.

"맹주 대행이 정주에 있습니다."

맹주 대행. 이황 중의 또 다른 일인, 패천도황(敗天刀皇) 팽덕경을 이르는 말이었다.

"그가 정주에 있는가?"
"우리가 흘린 미끼를 엉뚱한 사람이 문 모양입니다."
"아니, 마도에나 어울릴 법한 음한도법을 팽가에서 왜?"
"팽가의 도법은 양강 일색입죠. 음양의 조화만 이루면 지금보다 한 단계 이상은 발전할 수 있다는 평가를 받는 게 팽가의 도법이니까요."
"그 말은……?"
"팽가에서 한화도법을 노리는 모양입니다."

자신들이 뿌린 미끼가 그만큼 진실 같았다는 뜻이니 나쁘지 않았다.

하지만 그걸로 꼬여 낸 상대가 마도의 자금이 아니라, 같은 백도의 거목이라는 것이 마음에 걸렸다.

자칫 발각이라도 되는 날엔 좋은 돈벌이 수단이 날아가기 때문이다.

"팽가에서 허실을 판별해 낼 가능성은?"

"아직 밀각도 그것이 거짓인지 확신하진 못하고 있습니다."

9할의 진실에 1할의 거짓.

제갈세가에 내려오는 함정 전략 수립의 기본 원칙이다. 그건 이번 한화도법 건에도 그대로 적용되었다.

이번 일을 주도한 제갈세가나 그걸 배후에서 지원한 남궁세가 둘 다 그게 거짓이라는 증거는 없었다.

다만 진짜일 가능성도 낮았다.

정말로 그 정도의 비급을 가졌다면 송화장은 지금쯤 강호의 거대 문파로 이름을 날리고 있어야 했으니까 말이다.

"이걸 좋아해야 하는지 걱정해야 하는지 모르겠군."

진천검황의 투덜거림에 제갈기진이 말했다.

"그러니 호기가 아니겠습니까? 팽가의 시선을, 패천도황의 주의를 한화도법에서 떼어 놓을 수 있을 테니 말입니다."

"흠… 일리가 있군."

"하면 어찌… 하시겠습니까?"

제갈기진의 물음에 진천검황이 빙긋이 웃었다.

"맹에서 이틀 전에 떠난 사람에게 뭘 묻는 겐가?"

진천검황의 말에 제갈기진의 입가에도 비슷한 미소가 떠올랐다.

"하면 패천도황에게 통보하겠습니다."

"그리하게. 하면, 난 정말로 잠시 떠나 있겠네."

"사흘. 사흘 후에 돌아오십시오. 맹에서 전서구가 날고, 안휘에서 돌아오시려면 그 정도의 시간이 걸릴 겁니다."

"그러지. 이거 때아니게 기루에서 죽치게 생겼구먼."

"작화원(芍花院)으로 가시지요. 그곳의 기녀들이 꽃 같다고 들었습니다."

제갈기진의 말에 진천검황이 겸연쩍게 웃었다.

"허허허."

❀   ❀   ❀

하남 행성의 관아 공사가 한창 진행 중인 정주의 중심부에서 서쪽으로 약간 치우친 곳에 2백 칸이 넘는 고루 거각이 들어서 있었다.

건립 시기는 7백 년 전이니 남북조 시대까지 거슬러 올라간다.

그 역사만큼이나 고풍스런 장원의 정문엔 송화장이란 현판이 붙어 있었다.

"흠… 이걸 어쩐다? 그냥 쳐들어가? 아니면 살살 구슬려?"

송화장 근처에서 어슬렁거리며 중얼거리는 인사는 강호인들이 패천도황이라 이름 붙여 준 절대자였다.

그런 그의 갈등을 끝내 준 것은 예상외로 송화장이 아니라 백도맹의 정보 단체인 밀각의 요원이었다.

"저기… 대협."

추레한 늙은이의 부름에 패천도황의 고개가 돌려졌다.

"누구, 나?"

"예. 소인은 밀각에서 파견된 요원입니다."

"밀각이면 제갈 새끼들이 장악한 그 밀각 말인가?"

상대의 거침없는 악의 표출에 밀각 요원은 식은땀을 흘리며 답했다.

"그, 그렇습니다."

"한데 왜?"

"구, 군사께서… 맹주 대행께서 복귀하시길 청하십니다."

"제갈기진 그놈이?"

"예, 예……."

"진천검황, 그 남궁 늙은이는 어디다 두고 날 찾아?"

"며칠 전 안휘로 외유를 떠나신 것으로 압니다."

"빌어먹을 새끼. 누군 개 발에 땀 날 정도로 빨빨거리고 돌아다니는데 어떤 새끼는 팔자 좋게 외유라, 이거지."

"……."

뭐라 대꾸해야 하는지 몰라서 묵묵부답으로 서 있는 밀각의 요원에게 패천도황이 물었다.

"그런데 무슨 일이기에 남궁 늙은이가 귀환할 때까지 못 참고 날 찾아?"

"십자마도 대협과 십자도단이 낙양 좌포청에 투옥되었기……."

밀각의 요원은 말을 끝맺지 못했다.

자신의 말을 들어 주어야 할 상대가 이미 떠나 버린 후였기 때문이다.

움직인다는 느낌조차 남기지 않고 사라진 패천도황의 경공에 홀로 남겨진 밀각 요원은 혀를 내둘러야 했다.

쾅-!

벽력탄 터지는 소리와 함께 낙양 좌포청의 정문이 박살 났다.

그 앞에 서 있던 포쾌와 정용들이 폭발의 여력에 휘말려 이곳저곳으로 내동댕이쳐진 채 널브러져 있었다.

그 안으로 분노를 풀풀 풍기는 패천도황이 들어섰다.

"어떤 개 시러베자식 놈의 새끼가 우리 애들을 잡아넣은 거야? 나와!"

고래고래 소리를 질러 대는 패천도황의 주변으로 당황한 낙양 좌포청의 관원들이 몰려들었다.

하지만 그뿐이다.

좌포청에 근무해 강호 고수들의 특징과 용모파기를 줄줄이 꿰고 있던 탓에 단박에 상대의 정체를 알아본 관원들은 겁을 먹고 접근하지 못했다.

그런 그들을 둘러보며 패천도황이 이를 드러내 보였다.

"이런 호래자식들을 모조리 씹어 먹어 버릴까 보다! 당장 안 내놔!"

소싯적 별명이 '미친 들소'였다.

일단 열 받으면 들이박고 보는 그 성정 탓에 백도의 문파들 중에서도 피해를 본 곳이 적지 않았었다.

그 더러운 성정이 낙양 좌포청에서 고스란히 드러나고 있었다.

"그 새끼 겁나 시끄럽네."

"그렇지, 저 새끼들이 겁나 시끄러… 시끄러? 누가?"

떠드는 건 그 혼자다.

한데 누가 시끄럽다는 거지?

그제야 음성의 주인을 찾아 시선을 돌리는 패천도황이었다.

"누구냐, 너?"

패천도황의 물음에 세영이 어이없는 표정을 지어 보였다.

"어째 이 새끼들은 모조리 이래? 관아를 침탈했으면 그건 우리가 물어봐야 하는 거라고."

"우리……."

그러고 보니 놈도 관복을 입었다. 그것도 일개… 포교다.

"이런 개 시러베자식 놈의 새끼가!"

"이 새끼가 누구 사부한테 시러베자식 놈이라는 거야!"

뭐가 모호하게 비틀린 말이지만 그걸 따지고 있을 계제가 아니었다.

"뒈져!"

팡-

공기가 터져 나가고 패천도황의 신형이 쇄도했다.

까강-!

금속성이 터지고 패천도황이 믿기지 않는다는 얼굴로 물러났다.

"마, 막아?"

"새끼, 센데."

놀란 건 세영도 마찬가지다.

조금만 반응이 늦었어도 목이 날아갈 뻔했을 만큼 상대의 움직임은 빠르고 강력했던 것이다.

"조심해야 할 거다."

어느새 뒤따라온 낙영검존의 음성에 세영이 뒤도 안 돌아보고 물었다.

"아는 새끼야?"

"패천도황. 이황 중 일인이지. 십대고수 서열 삼 위야."

그의 말에 놀란 건 세영보다 패천도황이었다.

아니, 패천도황은 말보다 낙영검존의 등장이 더 놀라웠을지도…….

"나, 낙영검존? 네가 왜 거기에?"

패천도황의 말투에 낙영검존의 검미가 찌푸려졌다.

언제나 저랬다.

강호에서의 배분도 비슷하고 나이도 비슷한데, 말투는 언제나 하대였다.

서로가 갖는 사문에서의 위치로 보아도 절대 그래선 안 되는 건데…….

"여전하구려, 그대는……."

"네가 왜 거기에 있냐는데 무슨 헛소리야! 가만, 근데 그 옷… 은 뭐냐?"

패천도황의 지적에 낙영검존의 표정이 어두워졌다. 한데 그럴 운명을 가진 이가 한 명 더 등장했다.

"왜 이리 소란스러……."

포반에서 어슬렁거리며 나오던 당홍의 신형이 딱 멈춰섰다.

"당홍?"

패천도황의 경악성에 괜히 나왔다는 후회의 표정이 당홍의 얼굴에 가득해졌다.

그런 그와 낙영검존을 번갈아 바라보던 패천도황의 얼굴이 흉신악살처럼 일그러졌다.

"그러니까 네 두 새끼들이 작당해서 우리 팽가를 엿 먹였다? 오냐, 오늘 너희 두 놈을 아주 죽여 주마!"

말과 함께 등 뒤에서 도를 하나 더 꺼내 드는 패천도황의 모습에 낙영검존이 화들짝 놀라서 소리쳤다.

"무, 무슨… 그, 그건 오해요, 오해!"

낙영검존이 당황할 법도 한 것이, 쌍도를 꺼내 든 패천도황을 막을 수 있는 건 진천검황 이상의 고수뿐이었기 때문이다.

수로는 딱 둘. 절대쌍웅까지 합해도 넷밖에 없다.

"개소리는 지옥에 가서 떠들어!"

쑤앙-

고함의 끝을 거친 바람이 따랐다.

순간 세영은 눈앞이 온통 칼 그림자로 채워지는 광경을 목격해야 했다.

'쾌검? 환검?'

쾌검이든 환검이든 눈앞의 칼 그림자 전부에서 기세가 느껴졌다.

그건 그것들 모두가 실체를 가지고 있다는 소리였다.

'제길!'

이를 악문 세영의 검이 칼 그림자의 폭풍 속으로 들이밀어졌다.

❁ ❁ ❁

"시사부님, 이것 좀 드셔 보세요."

지현이 내미는 음식을 받아 든 담운 선사가 한 입 떠먹고는 눈을 휘둥그레 떴다.

"이, 이게 무슨 요리냐?"

"홍소육(紅燒肉)이에요."

"홍소육이면 그 돼지고기 요리?"

"예."

"하지만 이건 맛이 전혀 다른데?"

"저만의 비법으로 만들었거든요. 한데 맛은 어떠세요?"

배시시 웃는 지현의 물음에 담운 선사가 엄지손가락을 치켜들었다.

"최고다. 내가 지금까지 먹어 본 홍소육 중에선 단연 최고다!"

"감사해요, 시사부님."

자신의 칭찬에 환하게 웃는 지현을 보며 마주 웃던 담운 선사가 아쉬운 표정을 지었다.
"여기다 백주 한잔하면 죽이겠는데……."
"어머, 죄송해요. 미처 술은 준비를 못했는데……."
미안해하는 지현의 곁으로 기 낭자가 다가섰다.
"그럼 이거라도……."
그녀가 내미는 병을 바라보며 담운 선사가 시큰둥하게 물었다.
"그게 뭐냐?"
"제가 담가 본 술이에요. 좋아하시는 듯해서……."
"언제 담근 건데?"
"이틀… 되었어요."
"그럼 아직 제대로 익지도 않았을 것이 아닌가?"
"예, 아직 몇 달은 더 지나야 제대로 된 맛이 우러나오겠지만… 술이 필요하시다니……."
"이런, 어찌 바늘허리에 실 매어 쓸까? 생각이 그리 짧아서야… 에잉, 쯔쯔쯔."
담운 선사의 심술에 기 낭자의 얼굴이 어두워졌다. 그게 안돼 보였던지 이연이 나섰다.
"그럼 언니, 저라도 한잔 주세요."
이연의 마음이 고마웠던 기 낭자가 희미하게 웃으며 그녀가 내미는 잔에 술을 따랐다.
한데…….

"와~ 이 향기… 뭐예요?"

두어 걸음 떨어져 앉아 있던 담운 선사의 시선마저 잡아끌 정도의 향기가 풍겨 나왔다.

"연꽃 향이야. 연꽃으로 담근 술이라서……."

"세상에, 원래 연꽃 향이 이렇게 좋았던가요?"

"십 년간 잘 말린 연꽃으로 담그면 그래."

"시, 십 년? 그럼 이걸 담그기 위해서 십 년간 연꽃을 말렸단 말이에요?"

"돌아가신 사부가 가르쳐 준 거야."

마지막 정인에게 주라며 가르쳤다는 말은 뺐다. 그 의미가 무엇인지 말할 수 없었기에…….

"와~ 대단한 정성이 들어간 술이네요."

그 말끝에 술잔을 기울인 이연의 눈이 화등잔만 해졌다.

"어, 언니… 이, 이 술… 더 얻을 수 있어요?"

"반병 정도는……."

잘 보관한다고 했는데 모아 온 연꽃의 절반이 상해서 버렸다.

그렇다 보니 담글 수 있었던 술의 양이 한 병 반 정도밖에 나오지 않았던 것이다.

한 병은 그 사람을 위해 남겨 두어야 하니, 반병 정도나 다른 이에게 선물할 수 있을 터였다.

"반병… 그게 끝이더냐?"

갑자기 끼어드는 담운 선사의 물음에 기 낭자가 고개를 조아렸다.
"한 병이 더 있사온데……."
얼굴을 붉히는 게 누굴 주려는 건지 대번에 짐작이 갔다. 그 탓에 차가운 눈빛으로 바라보는 지현의 시선을 기 낭자가 피했다.
솔직히 그러는 자신이 우스웠다.
손가락 하나만 까딱해도 죽일 수 있는 상대에게 겁을 내고, 부러운 자신이…….
"허험! 그럼 그것이 다른 이에게 나눠 줄 수 있는 양의 전부고?"
"예."
"흠… 하, 한번 따라 봐라."
야멸치게 거절했던 것을 뒤집으려니 꽤나 겸연쩍었던지, 잔을 내미는 담운 선사의 얼굴에 붉은 기가 감돌았다.
그런 그가 내민 잔에 기 낭자가 조심스럽게 술을 채웠다.
"흠… 향기는 정말 죽이는구나. 어디, 맛은 어떤가 볼까?"
천천히 음미하듯 술잔을 기울이던 담운 선사의 작은 눈이 큼지막한 이연의 눈만큼이나 커졌다.
"너, 너… 나랑 술장사할래?"
말을 해 놓고 보니 얼마 전까지만 해도 기녀였던 아이에게 할 소리가 아니다.

아니, 그게 아니어도 정인을 마음에 품고 있는 여자에게 해서는 안 되는 말이었다.

뒤늦게 그걸 깨달은 담운 선사의 표정이 당황으로 물들었다.

"아, 아니 그, 그게 아니라……."

한데 기 낭자의 표정은 담담하다. 거기다 입가엔 작은 웃음까지…….

"그분이 그냥 주변을 맴돌아도 좋다고 허락해 주신다면 그렇게 하겠습니다."

기 낭자의 말에 담운 선사의 눈빛이 가라앉았다.

정인의 여자가 아니라 주변을 맴도는 것만 허락받아도 좋겠다는 말이, 일반인은 짐작하기도 힘든 세월을 살아온 담운 선사의 마음을 흔들었던 것이다.

"욕심이… 너무 없는 것도 좋은 것은 아니다."

"욕심을 부릴 만한 처지가 못 되어서요."

"기녀였기 때문이더냐?"

담운 선사의 그 말에 근처에 앉아 있던 이연과 유린의 표정이 깊게 가라앉았다.

"그것만이라면… 용기를 내 보았을 겁니다."

기 낭자의 말에 담운 선사의 눈빛이 반짝였다.

"숨기지 않는구나."

"숨긴다고 숨겨지는 게 아니니까요."

오대세가와의 충돌 • 187

"흠… 술 한 잔 더 따라 보거라."

 담운 선사의 말에 기 낭자가 술잔을 채울 때였다. 개봉 좌포청의 구열이 헐레벌떡 달려온 것은.

"서, 선사님, 선사님."

"숨넘어가겠다."

 담운 선사의 통박을 받으면서 들어선 구열이 숨을 헐떡이며 말했다.

"그, 급히 좌포청으로 오시라는 포령 대인의 청이십니다."

"날? 날 왜?"

"그, 그게… 포교님의 신변에 문제가 생겼……."

 휘잉-

 거친 바람 소리와 함께 구열의 말이 중간에서 끊겼다.

 분명히 눈앞에 있던 담운 선사의 신형이 마치 허깨비 사라지듯 사라진 까닭이었다.

제61장
박쥐가 되다

느긋하게 들어서는 진천검황을 못마땅한 표정의 패천도황이 맞았다.
"아주 팔자가 늘어졌구만."
"자네가 고생했다는 소리는 들었네. 수고했네."
"네놈도 수고했다. 애꿎게 사흘 동안 기루에 처박혀 있느라 말이다."

패천도황의 말에 진천검황의 눈이 군사인 제갈기진을 찾았다.

그걸 알아차렸던지 패천도황이 말했다.
"제갈 새끼 찾는 거면 의원으로 가 봐라."
"의원? 의원은 왜?"

"애새끼가 불라고 할 때 불지, 꼭 맞아야 바른 소리를 하더란 말이야."

"서, 설마……."

"설마고 절마고, 명색이 맹주 대행이 묻는 거잖아. 거기다 거짓을 고해? 확 목을 따 버릴까 하다가 그 새끼 애비 생각이 나서 적당히 두들기고 만 거다."

패천도황의 말에 진천검황의 표정이 굳었다.

자신들이 생각지 못한 변수, 패천도황에게 주어지는 맹주 대행의 권한이 떠오른 탓이었다.

그의 말대로 맹주 대행의 신분인 패천도황에게 거짓을 고했다면 그게 아무리 하찮은 것일지라도 죽음을 면치 못한다.

그것이 설사 백도맹의 군사일지라도.

"흐음……."

침음을 흘리는 진천검황에게 패천도황이 옆자리를 가리켰다.

"와서 앉아. 올려다보기 귀찮으니까."

그 말에 멈춰졌던 발걸음을 옮겨 그가 자리에 앉자 패천도황이 말문을 열었다.

"멈췄던 회의, 계속 진행하지."

패천도황의 말에 슬쩍 그의 곁에 앉은 진천검황을 일별한 내총관 팽경이 중단되었던 말을 이었다.

"그래서 뇌옥에 투옥해 놓았습니다. 문제는 중간에 도주한 낙영검존의 일입니다. 그가 무어라 말하느냐에 따라 구파일방의 움직임이 결정될 터, 그것에 대한 행동 방침이 먼저 결정되어야 할 듯합니다."

"쪼개진 일방이야 걱정할 거 없고. 구파 애들이야 고리타분한 명분 싸움이나 하자고 들겠지. 그건 진천, 이 늙은이의 전문이니 알아서 할 테고. 당홍, 그 빌어먹을 자식의 문제는 어찌할 생각이지?"

패천도황의 말에 저만치 구석에서 심기 불편한 헛기침이 튀어나왔다.

"허허험!"

"새끼, 헛기침은! 네가 지금 헛기침할 때야! 새끼들이 끼워 줬으면 제값을 해야지, 뒤통수를 치면 어쩌자는 거야? 뭐, 계속해서 박쥐로 살겠다, 그거야? 아니면 우리랑 한번 붙어 보자는 건가?"

패천도황의 거침없는 힐난에 헛기침을 했던 당가의 장로는 헬쑥해진 얼굴로 고개를 저었다.

"그, 그럴 리가요. 이는 본가의 가주께서도 미처 알지 못하는 일로······."

"지랄을 해라. 당가의 가주는 제 아비가 뭘 하고 다니는 줄도 모르는 반푼이란 소리야?"

"대, 대협!"

"대협? 뒤에선 미친 들소 새끼라고 욕하는 것들이 대협은 무슨……."

촌철살인에 가까운 힐난을 퍼붓는 패천도황에게 진천검황이 한마디 했다.

"설사 그것이 맞다 해도 말이 너무 심하지 않은가?"

진천검황의 말에 그에게 도움의 시선을 보냈던 당가의 장로는 퍼렇게 질린 얼굴이 되었다.

그런 그와 진천검황을 번갈아 바라본 패천도황이 심통 난 음성을 토했다.

"새끼, 염장 지르는 솜씨는 여전하네. 그래서 당홍을 어쩌자는 건데?"

"일단 본인 이야기를 들어 봐야 하지 않겠나? 피치 못한 사정이 있을 수도 있고."

병 주고 약 주는 진천검황의 언변이지만 당가의 장로는 그 장단에 놀아날 수밖에 없었다.

"그, 그렇습니다. 그럴 수밖에 없는 사정이 있으셨을 겁니다. 하니 직접 태상가주님의 설명을 들어 보심이……."

"병신들, 육갑을 떨어요. 맘대로 해, 난 관심 없으니까."

그 말끝에 벌떡 일어서는 패천도황에게 진천검황이 물었다.

"왜, 가려고? 회의는 끝마치고 가야지."

"마음에도 없는 소리 지껄이지 말고 약속이나 지켜."

"약속?"

"이걸 확! 외총관 자리 말이다!"

"아! 그거라며 남아일언중천금일세."

"중천금인지 중백금인지 알 바 없고. 안 지키면 재미없어."

"그러지. 그러니 살펴가게."

"아주 가는 거 아니야. 완전히 끝난 다음에 갈 생각이니까."

"뭐, 그러든지."

진천검황의 말에 패천도황은 팽가의 이익을 대표하는 내총관을 일별하고는 회의장을 나가 버렸다.

가식과 야합이 판을 치는 백도맹의 회의 자리에 앉아 있는 걸 체질적으로 싫어하는 그의 성정을 아는 탓에 붙잡는 이는 하나도 없었다.

그렇게 패천도황이 나가자 진천검황이 웃음 띤 얼굴로 좌중을 바라보았다.

"자- 이제부터 제대로 회의를 시작해 봅시다."

그 말에 참석자들이 전의를 다졌다. 자파의 이익을 챙기기 위한 전의를……

백도맹 외총관부에 속한 찰각(察閣)의 지하에 마련된 뇌옥. 이곳에 들어오면 살아나가기 힘들다 해서 사람들은 이곳을 불생옥(不生獄)이라 불렀다.

그 불생옥의 한 뇌옥, 만신창이가 된 세영이 갇혀 있었다.

"쯔쯔, 꼴하고는……."

익숙한 음성에 잔뜩 부은 눈을 억지로 뜨는 세영의 시야로 담운 선사의 얼굴이 보였다.

"사, 사부?"

"맹한 놈. 안 될 듯싶으면 튀기라도 했어야지?"

"그, 그게… 내가 튀면 딴 놈들이 못 튈 거 같아서 말이우."

"그래서 그놈들은 튀었고?"

"옆방에 있을 거유."

"뭐야, 그럼 튈 시간도 못 벌어 준 거야?"

"새끼들이 나만큼 멍청합디다. 크크크."

정말로 예상외였다.

인연이 남다른 황렬과 막야는 물론이고, 거패와 양후, 거기다 하북삼황과 살마까지 자신을 구하기 위해 패천도황에게 달려들었으니까.

웃긴 건 기름과 이축, 그리고 백울이었다.

강호 무인들에겐 손가락 하나 까닥하는 걸로 죽을 수 있는 그들까지 달려들었던 것이다.

웃을 때마다 피가 새어 나오는 세영을 바라보며 담운 선사가 혀를 찼다.

"어떤 새낀지 아주 칼로 저며 놨구먼. 치료조차 시도 안

한 게냐?"

"무슨 짓을 해 놨는지 자연기가 안 움직입디다."

점혈로는 자연지기의 운영을 막을 수 없다. 있다면 방법은 하나뿐이다.

세영을 뒤집어 등 쪽을 확인한 담운 선사의 눈가가 찌푸려졌다.

그의 시선이 닿은 세영의 척추엔 커다란 자상이 입을 벌리고 있었다.

"흐음… 감각은 있는 게야?"

"……."

다리를 세게 눌러 보는 담운 선사의 물음에 세영은 답하지 않았다.

"흐음……."

다시금 침음을 흘리는 그에게 세영이 피식 웃어 보였다.

"그래도 아래는 안 아파서 살 만했수. 위는 아주 죽겠지만 말이우."

"어… 떤 새끼였더냐?"

"왜, 복수라도 해 주려고 하시우?"

"잘게 다져서 만두를 빚을까 생각 중이니라."

"크크크, 내 사부가 언젠가 인육까지 섭렵하리라 예상은 했소만… 두시우. 그놈은 내 차지니까."

척추로 내려가는 신경이 끊겨 하반신을 못 쓰는 상태에

서도 복수를 말한다.

그냥 말뿐도 아니다. 그때 반짝이는 눈빛은 정말로 섬뜩했으니까.

"놈… 다시 일어설 자신은 있고?"

"사부가 있는데 뭐는 안 되겠수? 아니오?"

"왜 아니겠냐? 내 척추를 뽑아 네놈에게 심어 주는 한이 있어도 일으켜 세워 주마."

"됐수. 사부 척추는 짧아서 나한테 심어 봐야 맞지도 않을 거요."

그 말에 담운 선사의 입에서 억눌린 웃음이 튀어나왔다.

"크크크… 그 꼴을 봐야 하는 건데. 아쉽긴 하구나."

"방법… 있는 거 맞죠?"

제자의 눈에 작게 일렁이는 불안감을 마주하며 담운 선사가 씨익 웃었다.

"이 사부가 있는데 무얼 걱정하는 게야."

그제야 마주 웃는 세영의 눈에서 불안감이 사라졌다.

한참 이번 일의 대가로 당가가 내놓을 이권과 그 이권을 찢어 갖기 위한 다른 세가들 간의 실랑이로 뜨거운 회의장으로, 황급히 무사 하나가 들어섰다.

"무슨 일이냐?"

아직 외총관의 자리를 유지하고 있는 남궁호리가 한쪽 눈두덩이 시퍼런 얼굴로 물었다.

"그, 그게… 불생옥, 아, 아니… 뇌옥이 깨졌습니다."

"무슨 소리야, 뇌옥이 깨지다니?"

"그것이… 패천도황께서 잡아 온 이들이 모두 감쪽같이 사라져서……."

쾅!

"그게 도대체 무슨 헛소리야!"

탁자를 치며 일어선 팽경의 외침에 무사의 얼굴이 잔뜩 겁에 질렸다.

"그, 그게… 순찰조가 뇌옥 안을 돌아보았는데… 패천도황께서 잡아들인 이들만 감쪽같이 사라져서……."

"이런 빌어먹을! 추적은?"

"어, 어디로 사라진지도 몰라서 아직……."

말을 더듬는 무사의 답에 진천검황의 시선이 남궁호리에게 향했다.

"아직은 네가 맡고 있는 직책이다. 즉시 외총관부의 모든 무사들을 동원해서라도 잡아들여라. 놈들이 빠져나가면… 문제가 커진다."

관인이기 때문이다.

관부로 이 이야기가 빠져나가는 순간… 백도맹은 몽고와 첨예한 대립각을 세워야 했던 것이다.

"예, 아버… 아니 맹주님!"

복명한 남궁호리가 뛰어나가자 보고를 위해 들어왔던 무사가 그 뒤를 황급히 따라나섰다.
 그걸 일별한 진천검황이 좌중을 둘러보며 말했다.
 "놈들은 반드시 잡힐 테니 우린 회의를 속개합시다."
 어떤 이유로도 코앞에 둔 이권을 놓칠 수 없었던 이들은 다시금 회의에 집중했다.

 ❈   ❈   ❈

 허름한 마차 한 대가 개봉으로 들어섰다.
 말도 아니고 나귀가 끄는 마차의 마부석엔 허름한 승복을 입은 중 하나가 타고 있었다.
 그 마차가 개봉 좌포청으로 들어섰다.

 수부타이의 명으로 개봉에 존재하는 13명의 의원이 모조리 추포되듯 끌려왔다.
 그들은 부서지고, 깨지고, 찢어진 상처를 돌보느라 여념이 없었다.
 "묵고할 수 없는 일입니다. 즉시 어사대에 상신하여 관병을 동원하겠습니다."
 분노하는 수부타이에게 담은 선사가 물었다.
 "그러면 동원할 관군은 있고?"

"그, 그야……."

중원에 들어와 있는 몽골의 전력은 남으론 송과 전쟁 중이면서, 북으론 카라코룸에서 대칸의 위를 두고 쿠빌라이가 아리크부카와 일전을 벌이고 있었다.

치안 유지만으로도 벅찬 상황에서 강호, 그것도 일개 문파가 아니라 백도의 집합체와 싸움을 벌일 만큼 병력의 여유는 없었다.

"조용히 입 다물고 치료에 전념하는 게 우선이야."

담운 선사의 말에 수부타이의 입이 힘없이 다물렸다.

개봉 좌포청의 외곽을 개방의 거지들이 둘러쳤다. 좌포청은 살막 자객들에 의해 완전히 뒤덮여 버렸다.

혹시나 뒤를 잡은 백도맹이 손을 써 올 것에 대한 대비였다.

사실 담운 선사가 있었다면 이런 대비는 필요하지 않았다.

하지만 그가 모종의 일로 개봉 좌포청을 비워야 했던 탓에 이루어진 일이었다.

개방의 경고가 도착하면 좌포청을 뒤덮은 살막의 자객들이 조용히 움직였다.

그렇게 잡은 백도맹 밀각의 요원만 벌써 여덟이다.

수혈이 점혈당한 채 쓰러져 있는 여덟을 내려다보던 막주가 곁에 서 있는 환요랑, 일중에게 말했다.

"이렇게 가다간 굳이 정보가 새어 나가지 않아도 알아차리게 될 겁니다."

"하긴 벌써 여덟 명째 돌아가지 않고 있으니까······."

"노사께선 언제 돌아오실까요?"

"이틀. 이틀만 막아 달라고 하셨으니까 이제 하루 남은 셈이지."

"막을 수 있을까요?"

"누가 오느냐에 따라 달라지겠지."

그 순간이었다. 기다란 올빼미의 울음소리가 들린 것은······.

"흠··· 아무래도 버티긴 틀린 모양인데 막주는 어쩔 생각인가?"

일중의 말에 막주가 어깨를 으쓱여 보였다.

"그동안 받아먹은 돈이 금자로 십오만 냥에 달합니다. 의리를 떠나서 돈값만으로도 발 못 뺍니다."

"흠··· 십오만 냥이라··· 살막 전체를 걸기엔 많은 금액은 아닌데······?"

"보름 후면 십만 냥을 더 받기로 되어 있었습니다."

"십만 냥? 아! 하북삼흉에게 걸려 있던 현상금."

"예. 그거 받는 대로 저희 다 준다고 약속했습죠."

"그럼 이십오만 냥이라··· 나쁘진 않네."

고개를 끄덕이는 일중에게 막주가 희미한 미소를 그려 보였다.
"미안합니다."
"뭐가?"
"모처럼 돌아오셨는데 제대로 즐기지도 못하시고 가시게 만들어서."
"충분히 즐겼어. 가족이 무엇인지도 알게 되었고."
일중의 답에 막주가 조금은 밝아진 얼굴로 말했다.
"그리고 감사합니다."
"뭐가?"
"살막을 버리지 않아서……."
"무슨 소리야?"
"기억… 돌아오신 거 압니다. 대부분의 막원들도 알죠."
"어, 어떻게?"
"기억이 돌아오지 않고서는 돌봐줄 수 없는 부분까지 무공을 보아주셨다고요. 과거 처숙부님을 쫓을 때 한번 보여준 기술의 약점에 대해 조언을 받은 은퇴 막원들의 수가 열셋이더군요."
"흐음……."
딴엔 미안해서, 돕고 싶어서 했던 일이 멍청한 짓이었던 모양이다.
그런 일중의 표정에 막주가 말했다.

"그들은 기뻐했습니다. 진짜 환요랑의 귀환이었으니까요."

막주의 말에 잠시 미소를 지어 보이던 일중이 시선을 동쪽으로 두었다.

"아무래도 더는 못 듣겠네. 나중에… 지옥에서 보지."

"예, 좋은 자리… 부탁드립니다."

막주의 말에 피식 웃어 보인 일중의 신형이 어둠 속으로 녹아들었다.

그가 사라지자마자 긴장된 신색의 1호가 모습을 드러냈다.

"패천도황이에요."

"알아."

"뭐해요, 가지 않고."

"어딜?"

"살막… 애들을 보호해야죠. 그게 막주의 임무예요."

1호, 아니 아내의 말에 막주가 고개를 저었다.

"아니, 오늘은 막주가 아니라 당신, 수련의 낭군을 할 생각이야."

"다, 당신……."

"곁에서 떨어지지 마. 그리고 절대 나보다 먼저 가지 말고."

뿌옇게 물기가 차오르는 1호 손수련의 시야로, 가로막는 살막의 자객들을 베어 넘기며 진입하는 패천도황의 모습이 보였다.

우습지도 않았다.
이미 무너졌다는 평가를 받는 개방이 발길을 잡더니, 그도 모자라 어쭙잖은 놈들이 앞을 막았다.
뒤를 따르는 십자도단이나 남궁 놈들이 붙여 준 창궁단에 맡길 것도 없이 홀로 모조리 베어 넘기며 진입했다.
이번 일은 시간 싸움이다. 상대가 관부인 까닭이다.
제아무리 자신들에게 돌릴 칼날이 부족하다 해도, 전쟁이 끝나고 나면 반드시 기억했다가 복수의 칼을 들이밀 것들이 관부다.
그러니 아예 흔적을, 복수의 칼날을 갈 이유를 남기지 말아야 했다.
그렇게 보면 애초부터 놈들을 잡아 가두는 것이 아니었다.
저항하는 기백이 가상해서 잡아서 어떻게 팽가로 전향시켜 볼까 싶었는데, 뇌옥을 관리하는 남궁 놈들이 손을 과하게 써 버렸다.
다른 놈들이야 마도에 가깝거나 마도 놈들이니 아까울 게 없었지만, 고려 출신이라는 놈, 자신의 옷을 세 군데나 베어낸 놈은 정말로 아까웠다.

그래도 뭐, 늦어 버린 일에 아쉬움을 남기는 편은 아니라서 잊었었다.

놈이, 놈들이 도주하기 전엔. 멍청한 남궁 놈들이 책임을 져야 하는 일이었지만 새어 나가면 자신들, 팽가에도 영향을 끼치는 일이라 직접 나섰다.

애들에게 맡겨 두기엔 영 마음이 놓이지 않은 까닭에.

그렇게 앞에서 닥치는 대로 베어 넘기던 패천도황의 신형이 멈춰 섰다.

그리고 그의 손이 올라갔다. 그러자 뒤를 따르던 십자도단과 창궁단의 무사들도 함께 멈춰 섰다.

"무슨… 일입니까, 백부님?"

십자도단을 이끄는 조카의 물음에 패천도황이 낮은 음성으로 답했다.

"움직이지 마라."

"왜 그러시는데요?"

말을 하며 한 걸음 더 다가섰을 때였다.

추랏-!

작은 음향과 함께 십자마도의 어깨에서 피가 튀었다.

그 순간, 공간을 베어 나간 패천도황의 도엔 걸리는 것이 없었다.

미간을 찌푸리는 그의 입에서 작은 음성이 새어 나왔다.

"살왕… 이로구나."

"살왕……?"

제일 먼저 생각나는 것은 구파일방이 키워 낸 최고의 자객이라던 일송자였다.

살수 무예로 십대고수까지 올라간 이였으니까.

한데 일송자를 떠올리자 그를 죽인 자객의 이름이 함께 딸려 나왔다.

"흐음… 환요랑……."

어깨의 상처를 지혈하는 십자마도의 말에 패천도황의 고개가 작게 끄덕여졌다.

대치는 생각 외로 길어졌다.

환요랑은 패천도왕을 정면 대결로 이길 능력이 못되었고, 패천도왕은 어둠 속에 숨어든 환요랑을 찾아내지 못했기 때문이다.

그렇다고 무시하자니 무사히 통과할 자신이 없었다.

이러지도 저러지도 못할 때, 창궁단을 이끌고 따라온 백도맹의 외총관 남궁호리가 10여 명의 무사들과 함께 패천도황의 곁으로 걸어왔다.

스걱- 추릿!

그러는 동안 한 무사의 목이 날아갔고, 또 다른 하나는 팔이 잘려 나갔다.

그래도 무사들의 보호를 받던 남궁호리는 털끝 하나 다

치지 않았다.

그 모습에 눈살을 찌푸리는 패천도황에게 남궁호리가 말했다.

"길은 저희가 뚫겠습니다. 흔적이 드러나면… 잡으실 수 있겠지요?"

남궁호리의 말이 무슨 뜻인지 알아차린 패천도황이 잔뜩 찌푸려진 표정으로 고개를 끄덕였다.

"다섯. 다섯의 목이 날아가기 전에 잡는다."

그 말이 끝나기 무섭게 남궁호리의 손이 움직였다.

순간 뒤에서 대기하던 20여 명의 창궁단 무사들이 빠르게 앞으로 달렸다.

스걱- 차락- 핏.

하나, 둘, 셋, 그리고…

서걱.

넷!

스윽-

기척이 움직였다.

그곳을 향해 언제 뽑혀 나왔는지 패천도황의 쌍도가 벼락처럼 날아들었다.

※　　※　　※

질질질… 털썩-

앞으로 던져진 일중의 몸엔 팔이 없었다.

사라진 팔이 있던 자리에서 흘러나온 피가 길게 핏자국을 그리며 이어져 있었다.

허옇게 치떠진 눈… 얼마나 최선을 다했는지, 살기는 숨이 끊어진 그의 눈에 그대로 남았다.

일중의 시신을 끌어다 막주와 1호의 앞에다 던진 남궁호리가 물었다.

"이놈이 지키던 길목이 이쪽으로 이어지던데… 너희 둘을 지키려던 건가?"

가족을 지키고 싶었던 걸까? 아니면 이 뒤에 만신창이가 된 세영과 일행이 누워 있기 때문에 벌어진 오해일까?

아무려면 어떨까 싶었다. 사실이든 오해이든 그가 자신들 앞에서, 자신들을 지키다 죽었는데.

이제 자신들의 차례였다.

창-

검을 꺼내는 수련의 앞을 막주가 막아섰다.

"먼저 가지 않겠다는 약속… 지켜."

"당신……."

수련은 남편을 막을 수 없었다. 자신의 반의반도 안 되는 실력이라는 것을 알면서도…….

"좋아요. 꼭 지켜 줘요."

수련의 말에 막주의 입가로 미소가 그려졌다.
"노력… 해 볼게."
그 둘을 바라보던 남궁호리의 입에서 싸늘한 음성이 흘러나왔다.
"같지 않은 것들. 치워라!"
남궁호리의 명이 떨어지기 무섭게 살아남은 스물셋, 창궁단 무인들이 검을 빼 들고 달려들었다.

제62장
배신의 비수를 들다

 수련은 남편의 등을 뚫고 튀어나오는 칼의 개수를 세었다.
 '하나, 둘… 여섯……'
 이윽고 그녀의 검이 남편의 몸에 칼을 박고 있던 창궁단 무인 여섯의 목을 한 번에 쳤다.
 넷은 목이 잘렸고, 하나는 반쯤 베어지는 걸로 끝났다.
 그리고 여섯 번째 무인의 검은 남편의 등을 완전히 뚫고 그 뒤에서 검을 휘두른 수련의 몸을 파고들었다.
 수련은 아직 숨이 끊어지지 않은 남편의 등에 고개를 기댔다.
 "하아~ 사랑… 해요."

'그리고 미안해요. 이런 길로 끌어들여서…….'

 흐릿하게 멀어지는 남편의 등 너머로 작은 노승의 체구가 허공에서 빛나는 걸 본 것 같았다.

 하지만 확인할 수는 없었다. 그걸로 수련의 의식이 끊어져 버렸기에…….

 수부타이의 지휘를 받는 포쾌와 정용들이 분주하게 좌포청의 연무장 겸 마당을 치웠다.

 몇몇은 지붕에서 숨진 채 늘어져 있는 살막의 자객들을 조심스럽게 아래로 내렸다.

 좌포청 관인들 중에서 죽은 자는 나오지 않았다.

 육모방망이를 버리고 잘 다뤄 보지도 못한 칼을 꼬나 쥔 채 마른침을 삼키며 세영과 다른 포쾌들이 누워 있는 방을 지키고 있었으니까.

 한참 동안 계속되던 비명과 고함 끝에 문이 열리며 등장한 이의 모습을 확인하자 그들은 맥이 탁 풀려 버렸다.

 돌아오려면 하루는 더 있어야 한다던 담운 선사가 모습을 드러냈기 때문이다.

 "야행복을 입은 이들이 쉰둘입니다."

 구열의 보고에 수부타이가 먼 산을 보고 서 있는 담운 선사를 돌아보았다.

 "어젯밤에 좌포청에 배치되었다던 살막의 인원수와 정확

히 일치합니다."

그것이 뜻하는 것은 하나뿐이었다. 전멸······.

눈을 질끈 감는 담운 선사의 귀로 경악 어린 음성이 들린 건 바로 그때였다.

"사, 살아 있습니다. 두, 두 사람이 살아 있습니다!"

한 포쾌의 고함에 눈을 번쩍 든 담운 선사가 음성이 들린 곳으로 날듯이 달려갔다.

"이, 이들은······."

살막의 막주와 그 아내라던 사람들이었다.

6개의 검이 관통된 막주와 그 등 뒤에 붙어 검 하나가 관통된 그의 아내까지, 포쾌의 말대로 약하지만 분명 숨을 쉬고 있었다.

하지만 그 숨결은 너무나 약해서 금방이라도 멈춰 버릴 것 같았다.

지체할 시간이 없다는 것을 깨달은 담운 선사가 재빨리 검을 뽑아내며 지혈을 하고는 자신의 품을 뒤졌다.

"흐음······."

목갑에 든 단약은 하나뿐이다.

세영에게 5알이나 퍼부은 데다, 나머지 놈들한테도 2알씩 아낌없이 먹인 탓이다.

후회해 봐야 되돌릴 수 없는 일이었다.

약을 든 채 잠시 망설이던 담운 선사의 손이 막주의 입으로 향했다.

그 손을 죽은 듯이 누워 있던 막주의 손이 힘없이 잡아왔다.

이 상황에서도 움직일 수 있다는 것에 놀라는 담운 선사에게 막주가 작은 음성으로 말했다.

"살려… 주세… 아내… 부탁……"

부들부들 떨며 자신의 손을 잡고 있는 막주를 내려다보던 담운 선사의 고개가 끄덕여졌다.

이내 그의 손이 힘없이 떨어지고, 담운 선사가 든 약이 죽은 듯이 누워 있는 수련의 입안으로 사라졌다.

흐릿한 눈동자로 그걸 바라보던 막주의 귀에 대고 담운 선사가 속삭였다.

"대환단이라고 알지? 그놈이야… 죽은 사람도 살린다는……"

그제야 흐릿하게 미소를 그려 낸 막주의 눈이 감겼다. 그리고 다시는 눈을 뜨지 않았다.

개봉 좌포청의 취조실에 살아남은 12명이 주렁주렁 매달렸다.

그 안에는 십자도마와 남궁호리는 물론이고 패천도황까지 끼어 있었다.

"개자식들!"

이축 대신 취조실을 맡은 포쾌의 입에서 욕설이 터져 나왔다.

팔 하나가 완전히 짓이겨진 이축을 보았던 의원들은 하나같이 말했다.

다시는 그 팔을 쓸 수 없을 것이라고.

자신들은 법을 집행하는 사람들이었다.

때론 비리도 저지르기도 하고, 엄한 사람을 잡아들이는 실수도 하지만, 살아 있는 사람의 목숨을 파리 목숨처럼 끊는 짓은 해 본 적이 없었다.

적어도 사람인 이상 그런 짓은 해서는 안 되는 것이니까.

하지만 협의를 행한다는 놈들이 자신들의 치부를 감추기 위해서 가차 없이 살수를 써 왔다.

아니, 죽은 것도 다행이다.

병상이 되어 버린 포교의 집무실에 누운 이들 중 태반이 평생 가지고 살아야 할 장애를 한두 개씩은 입고 있었으니까.

사납게 거칠어진 눈빛의 포쾌가 고문 기구들 속에서 꺼낸 비수를 남궁호리의 허벅지에 찔러 넣었다.

"크흡!"

고통의 신음을 흘리는 남궁호리를 노려보던 포쾌가 그대로 나가 버렸다.

그의 뒤에서 새파랗게 눈을 치뜬 남궁호리가 이를 갈았다.

"반드시 죽여 주마! 네놈의 가족들까지 모조리."

그런 남궁호리의 저주 같은 음성을 듣는 패천도황은 아무 소리도 없었다.

※　　※　　※

며칠 만에 눈을 뜬 세영은 멍한 눈으로 담운 선사를 바라보았다.

"다… 죽었다면서요?"

"다는 아니다."

담운 선사의 답에 세영의 눈에 잠깐이지만 빛이 반짝거렸다.

"누구… 예요?"

"막주라던 놈의 아내."

"막주는요?"

"대신… 갔다."

"대신……?"

"제 아내를 살려 달라더라. 빌어먹게도 약이 하나밖에 안 남았었거든."

풀이 죽어 보이는 담운 선사의 답에 세영이 물었다.

"사람 살려 놓고 왜 그런 얼굴이에요?"

"약… 조금만 계획적으로 썼으면… 그놈도 살릴 수 있

었다."

 담운 선사의 말에 잠시 말이 없던 세영이 고개를 저었다.
"팔자예요. 사부가 없었으면 하나도 못 살았을 거요. 그건 확실하니까, 그러니까… 그런 표정 짓지 마요."
"……"
 여전히 아무 말 없는 담운 선사의 손을 잘 움직여지지도 않는 손을 움직여 세영이 잡았다.
"고마워요, 아버지."
 세영의 말에 담운 선사의 뺨을 타고 눈물이 흘렀다.
 세영은 저리 마음 약한 양반이 사람을 죽였으니… 그 마음이 어떨까 싶었다.

 시간이 빠르게 흘렀다. 보름이란 시간이 눈 깜짝할 사이에 지나갔다.
 13명의 의원과 놀라서 달려온 지현을 비롯한 안식구들, 그리고 좌포청 관원들 모두의 노력 덕에 세영을 위시한 부상자들의 부상이 빠르게 나아 가고 있었다.
 물론 그동안 백도맹의 세작이 총 열아홉 번이나 들었다. 그리고 그만큼의 죄인이 좌포청 뇌옥에 늘어났다.
 세영이 처음 일어나 앉던 날, 담운 선사는 의원에게 청천 날벼락 같은 소리를 들어야 했다.
"신단의 효험이 끊어졌습니다. 원래 내공을 익힌 무인들은 이렇게 빨리 약효가 끊어지질 않는 법인데…….”

지현이 개평을 움직여 데려온, 내가고수의 요상에 특히 능력이 뛰어나다는 의원의 말에 담운 선사의 눈이 흐려졌다.

가람검은 내공으로 이루어진 무예가 아니기 때문이다.

지금처럼 내공을 익히는 지나의 무인들이 부러운 적이 없었다.

"달리… 방법이 없는가?"

"몇 알의 신단이 더 있다면 어찌 시도는 더 해 보겠습니다만…….”

"가능성은 있는 겐가?"

"솔직히… 그렇다 말씀드리기 어렵습니다."

의원의 말에 담운 선사의 표정이 어두워졌다.

쓰러져 가는 소림의 끝을 부여잡고 있던 친우는 이미 입적하고, 홀로 사부의 잔재를 지키던 그 제자에게서 강제로 빼앗듯 가져온 대환단이었다.

그 녀석의 말을 빌리면 이제 소림엔 대환단이 없다.

이제 비슷한 게 남아 있다면 무당의 태청단뿐이다.

하지만 그것을 얻기 위해 이곳을 떠날 수는 없었다.

소림으로 대환단을 가지러 갔을 때도 친우가 입적하지 않았다면, 오히려 설득하느라 시간을 더 소모해야 했을 테고, 그랬다면 죽어서도 씻지 못할 후회를 남길 뻔했기 때문이다.

　답답한 마음에 마당으로 나와 서성거리던 담운 선사가 사람들을 내보내고 세영과 둘이 남았다.

　평소와 달리 진중한 그의 모습에 세영이 물었다.
"왜요?"
"가람검엔 한 가지 요상법이 전해진다."
"그런 얘기 한 적 없잖아요?"
"네놈의 배움이 약하니 전할 수가 없었으니까."
아니, 위험한 것이라 전하지 않을 생각이었다.
얼굴도 못 볼 사손 놈 살린답시고 금쪽같은 내 새끼가 위험을 초래할까 두려웠으니까.
"그래서, 그거하면 낫긴 하는 거요?"
"그야 네놈 복에 따라 다르겠지."
"표정을 보아하니 별 효험도 없는 것이겠구만."
"어쩌면……."
그래 어쩌면, 정말 헛짓이 될지도 모르는 일이었다.
　그것도 사부와 제자 둘 다의 공이 한 번에 무너질 수도 있는 위험한…….
"하지 마요."
"그래도 방법이 그뿐이라지 않더냐?"
"사부랑 내가 함께 산 게 십사 년이우. 눈빛만 봐도 알아. 위험한 짓은 하지 말아요."

반신불수가 되어서도 사부를 걱정하는 제자를 두었다. 그것만으로도 자신의 삶이 헛되지는 않으리라.

"빌어먹을 놈! 눈치는 빨라서는……. 그래도 방법은 이뿐이야. 실패하면 네놈과 나 둘 다 가는 것이고, 성공한다면… 기회가 있을 게다."

"기회……?"

"성공하면 심상 고리가 일순간에 사라진다. 그간 쌓은 공이 모두 물거품이 된다는 말이다. 대신……."

"대신……?"

"다시 수련을 시작하면 무서운 속도로 성장한다. 십 년 걸린 공부를 넉넉잡고 삼 년이면 채울 수 있다."

"삼 년……."

"그래, 삼 년. 어때, 해 보겠느냐?"

"난 그렇다 치고, 사부는?"

"나야 뭐… 한 십여 년 더 걸리겠지."

'그때까지 산다면……. 그러니 하나의 대법을 더 펼칠 것이다.'

담운 선사의 결정을 알 길 없는 세영이 사부를 지그시 바라보았다.

"그 긴 시간을 나 때문에 다시 간단 말이오?"

"네놈 없는 세월보다야 나을 테니까. 대신 조건이 있다."

"조건… 뭐요?"

"밥은 네놈이 죽을 때까지 하는 게다. 반찬은 풍성하게 매번 고기반찬으로."

과거 수련 중에도 비슷한 내기를 한 적이 있었다. 그때에도 사부는 손해를 봤다.

하지만 반년 만에 언제 손해를 봤냐 싶게 생생해졌었다.

"정말 십 년 걸리는 거요?"

"어쩜 더 빠를 수도 있겠지. 네놈이 내 수발을 정말 열심히 들어 준다면."

한참 동안 담운 선사를 바라보던 세영이 말했다.

"뭐하우, 치료하는 방법 있다면서. 시작해야지."

그 말에 담운 선사가 피식 웃었다.

"오냐, 이 불쌍놈아."

마음에도 없는 욕설을 내뱉은 담운 선사가 세영과 마주보고 앉았다.

"상당히 고통스러울 게야."

"설마 사부가 때릴 때보다 더하겠수."

"하긴 그 정도는 안 되지. 그러니 참아. '아' 소리만 새어 나와도 네놈과 나 공치는 게니까."

"알았수다. 그만 떠들고 합시다. 나 피곤해지려고 하니까."

실수하지 않기 위해서다. 저질 체력으로 버티려면… 사부에게 조금이라도 부담을 덜 주려면 시간을 끌어서 좋을 것이 없으니까.

"오냐, 간다."

대답은 듣지도 않고 치료가 시작되었다.

어찌 알았냐고?

수천 개도 넘는 바늘이 일제히 심장을 찔러 대는 듯한 고통이 밀어닥쳤으니까.

❈   ❈   ❈

비척이며 세영의 방을 나서는 담운 선사에게 의원이 말했다.

"요상을 해야 할 겁니다."

"너… 뭔가 아는 게냐?"

순간적으로 일어서는 기세가 예사롭지 않았다.

"제가 어찌 신시(神市)의 무예를 거론하리까."

"너……."

"신시의 의원이 신시의 무장을 뵈옵니다."

공손히 고개를 조아리는 의원을 바라보며 담운 선사가 물었다.

"신의의 후손이로구나."

"신시가 사라졌듯이 이미 없어진 이름입니다. 그저 흔적과 기억만 남았을 뿐……. 하니 후예란 광영은 입에 담을 수 없습니다."

"흐음… 신의의 후손이라 그런지 기록대로 입에 발린 말만 잘하는구나."

담운 선사의 편잔에 신의의 후손이라는 의원은 그저 작게 미소 지을 뿐이었다.

"네가 볼 땐 어떠하냐?"

"대법은 성공한 듯하오나… 어찌 그런 위험을 무릅쓰신 것인지……?"

"어차피 모험이었다. 이왕 모험이라면 크게 가야 하지 않겠느냐."

"후일, 제자분의 상처가 걱정입니다."

"잘 일어설 게야. 그 정도 배포는 있는 놈이니까. 그리고 내가 아주 골로 가는 것도 아니고."

"그래도 한두 달은 조심하셔야 합니다. 자연지기가 전혀 반응하지 않을 것이니……."

"상관없다. 날 노리고 들어올 놈도 없고."

"그렇다면 다행입니다만……."

"아! 신의의 후손이라 하니 내 부탁 하나만 하자."

"하명하시지요."

"내 제자 놈 좀 부탁하자."

"어인 말씀이신지……?"

의아하게 바라보는 의원에게 담운 선사가 말했다.

배신의 비수를 들다 • 225

"무슨 뜻이 있어서가 아니라… 그냥 부탁 좀 하자는 말이다."
"아! 예."
의원의 답에 그의 어깨를 두드려 준 담운 선사가 마당으로 나섰을 때였다.
"선사님."
구열의 부름에 담운 선사가 답했다.
"왜?"
"저… 당 포쾌께서 돌아오셨습니다."
"당 포쾌… 당가 놈 말이더냐?"
"예."
"어디에 있더냐? 좀 봐야겠다."
"포령의 집무실에 있습니다."
"오냐, 가 보자."
구열을 따라 담운 선사가 포령의 집무실 쪽으로 향했다.

집무실로 들어서는 담운 선사를 보며 당홍이 자리에서 일어섰다.
"서, 선사……."
"어찌 네놈이 이리 멀쩡하게……."
분노하는 담운 선사에게 당홍이 서둘러 말했다.
"어, 어쩔 수 없었습니다. 백도맹과의 충돌엔 힘을 보탤

수 없으니…….”

중립을 지켰다는 소리다.

제 딴에 최선이라고 말하는지 몰라도 담운 선사의 입장에서는 때려죽여도 시원치 않을 소리였다.

두 시진만 일찍 왔다면, 대법을 시행한 탓에 자신의 심상 고리가 사라지지만 않았다면… 정말로 그냥 두지 않았을지도…….

"못된 놈!"

그 말을 남기고 담운 선사가 신형을 돌리자 수부타이에게 양해를 구한 당홍이 황급히 따라 나왔다.

"사조…….”

"그리 부르지 마라. 그리 부르지 않기로 하기도 했지만, 그리 불릴 마음도 없다.”

세영과 함께 무당에서 처음 담운 선사를 만나던 날, 서로의 호칭에 대해 심각한 논의가 있었다.

그 자리에서 담운 선사와 세영은 서로의 호칭에 영향을 끼치지 않기로 했다.

그러면서 무극검옹과 당홍은 세영을 사숙이나 사제로 부르지 않아도 되게 되었던 것이다.

"하, 하면 이것이라도…….”

당홍이 조심스럽게 내미는 목갑을 바라보며 담운 선사가 물었다.

"그게 무엇이더냐?"

"무극검옹께서 보내신 것입니다."

"무극검옹… 그놈이 뭘 보냈다는… 설마……?"

"전에 박 포교가 사용했던 요상단이라 말씀 올리면 된다 하셨습니다."

그 말대로라면 태청단이다. 가람검 특유의 요상법 대법이 시행되었다 하더라도 바닥으로 떨어진 체력을 보하는 데는 저런 영약만큼 좋은 게 없다.

"네놈이 아니라 무극… 그놈을 봐서 받는 게……."

손을 내밀고 다가섰던 담운 선사의 눈이 커졌다.

"네, 네놈이……!"

"죄송… 죄송합니다……."

얼굴을 제대로 들지 못하는 당홍의 뒤로 좌포청의 담을 넘는 백도맹 무사들의 모습이 보였다.

팡-!

간신히 당홍을 쳐 낸 담운 선사의 가슴이 피로 흥건했다. 그리고 그곳에서 떨어진 당홍의 손도…….

"며, 멸신비(滅神匕)!"

신을 죽인 더러운 무기였고, 신시를 무너트린 마병이다. 그것이 당홍의 손에 들려 있었다.

"네, 네놈이 어찌 그, 그것을……."

"용서… 하지 마시길……."

다시금 달려드는 당홍의 움직임을 담운 선사는 막을 수가 없었다.
 수차례 화끈거리는 가슴과는 상관없이 담운 선사의 시선은 세영이 누워 있는 뒤채로 향해 있었다.

❀ ❀ ❀

 구함을 받은 패천도황의 얼굴은 잔뜩 굳어 있었다. 그 곁에 선 팽가의 무사들도.
 하지만 남궁호리는 그렇지 않았다.
 그는 이미 숨이 끊어진 포쾌 하나의 시신에 칼질을 해 대고 있었다.
 죄목은 하나, 자신의 허벅지에 비수를 박아 넣었다는 것이다.
 그런 남궁호리에게서 시선을 돌리는 진천검황에게 수하가 보고했다.
 "관인은 물론, 우리의 이동을 목격한 이들의 처리가 완료되었습니다."
 "흔적은?"
 "흐릿하게나마 마련의 것으로 확실하게 남겨 두었습니다."
 "좋아, 놈은?"

배신의 비수를 들다 • 229

"그, 그것이……."

보고하는 수하의 음성이 흐려지는 것에 진천검황의 눈썹이 꿈틀거렸다.

"설마 놓쳤다고 말하려는 것은 아니겠지?"

"주, 죽여 주십시오, 태상가주… 아니 맹주님!"

"이, 이런! 어찌 된 일인지 소상히 고하라!"

추상같은 진천검황의 음성에 수하가 황급히 보고했다.

"놈들이 머물렀었다는 곳을 급습했습니다만, 어찌 된 일인지 아무도 없었습니다."

"주변에 숨을 곳들은 찾아보았더냐?"

"기관 전문가들까지 동원해 샅샅이 수색하고 있사온데 아직 그럴 만한 곳은 발견하지 못하였습니다."

"하면 도주는?"

"추적대를 보내기엔 보는 눈이……."

애써 흔적을 지우고 마련의 짓으로 꾸며 놓았다. 그런데 추적대를 내보내 자신들의 모습을 드러낸다면…….

"흐음… 화근이 될 터인데……."

"어찌하올지?"

잠시 생각을 정리하던 진천검황의 시선이 아직도 시신에 칼질을 해 대던 남궁호리에게 닿았다.

"외총관."

"예? 아! 예, 아버… 아니 맹주님."

"은시조(隱視組)를 내줄 것이다. 즉시 놈들을 추적하라. 은시조를 내주는 이유는 알 것이다."
"예, 절대로 모습을 드러내지 않겠습니다."
"좋다, 가라!"
살심과 복수심으로 광기를 드러내던 남궁호리가 움직이자 있는지도 몰랐던 무사 서너 명이 급히 그 뒤를 쫓았다.

허름한 마차 한 대가 무서운 속도로 달려가고 있었다.
일전에 담운 선사가 세영 일행을 구해 왔던 바로 그 마차다.
다만 그때와 다른 점이라면 나귀가 아니라 전마라 해도 믿을 만큼 튼튼해 보이는 말이 끌고 있다는 것과, 마부석에 앉은 이가 노승이 아니라 중년의 의원이라는 것이었다.
"이랴, 이랴!"
의원의 외침에 말은 거품을 물며 정신없이 달렸다.
하지만 말 한 마리가 끌기에는 마차에 타고 있는 사람이 너무 많았다.
그 탓에 점점 느려지는 마차의 속도에 연신 뒤를 돌아보는 의원의 눈엔 불안감이 스멀스멀 피어나고 있었다.
그런 의원과 뒤를 연신 번갈아 보던 기 낭자가 검을 들고 마부석으로 나섰다.
"무슨 일이 있어도 멈추지 마세요."

"나, 낭자!"

"혹… 깨어나시거든… 아니에요. 그럼."

홀쩍 뛰어내려 길을 막아서는 기 낭자의 모습이 점점 멀어지고 있었다.

남궁세가의 은시조는 드러내고 쫓을 수 없는 이들을 추적하기 위해서 만들어진 집단이었다.

그러다 보니 은신법과 경공술은 그 어떤 집단에 비교해도 떨어지지 않았다.

그렇다고 무공이 약한 것도 아니다. 전원이 절정의 고수들로 이루어져 있었으니까.

그런 은시조 다섯을 앞세우고 무서운 속도로 달려가던 남궁호리는, 맨 앞에 질주하던 은시조원 하나의 목이 깨끗하게 잘려 나가는 것을 보았다.

"서, 서라!"

기겁해서 명을 내렸지만 그다지 필요 없는 명이었다.

어느새 사방으로 나뉘어 선 은시조의 나머지 조원들은 검을 꺼내 날카로운 시선으로 주변을 훑고 있었으니까.

"무, 무엇이냐?"

당황한 남궁호리의 물음에 은시조원 하나가 답했다.

"살은사(殺隱絲)입니다."

"살은사?"

"반마삭(絆馬索)과 비슷한 것으로 자객들이 사용하는 투명한 실입니다."

은시조원의 답에 남궁호리의 눈이 차갑게 가라앉았다.

"하면 자객?"

"예, 매복하고 기다리던 것 같습니다."

"이런, 시간을 벌고자 하는 수작이다. 빨리 색출하는 방법은?"

남궁호리의 말에 은시조원 중 하나가 답했다.

"둘. 둘의 희생이면 잡을 수 있습니다."

그 답이 나오기 무섭게 남궁호리가 앞서 있던 두 사람을 지목했다.

"너, 그리고 너."

지목당한 둘의 눈빛이 잠시 흔들렸다 다시 바로 섰다.

그리고…

스걱-! 스팟!

두 번의 절삭음과 함께 빠르게 앞으로 달려가던 은시조원 둘의 목이 날아갔다.

그 대가로…

푹-

기 낭자의 가슴에 검 2자루가 깊이 박혔다.

"허억!"

가슴에 칼이 박힌 것은 기 낭자인데, 입에서 비명이 터진 것은 그녀의 가슴에 칼을 박아 넣은 은시조원 둘의 입에서였다.

 피를 뿜던 은시조원 하나가 뒤에서 다가오던 남궁호리한테 경고했다.

 "누, 눈을 보지 마십시오!"

 그 말을 끝으로 고개를 꺾는 은시조원. 그 앞에서 검에 꿰인 기 낭자를 남궁호리의 검이 한 번에 베어 냈다.

 스걱-

 반으로 잘려 나간 두 사람의 신형이 힘없이 무너져 내렸다.

 발길을 막아섰던 자객은 처리했지만 남궁호리의 발길은 거기서 묶였다.

 홀로 쫓기엔 위험부담이 너무 컸던 것이다.

 입술을 깨무는 그의 입에서 욕설이 터져 나왔다.

 "빌어먹을!"

제63장
숨어들다

 개봉에서 3백여 리를 남동쪽으로 내려가면 기현이 나온다.
 여기서 다시 70여 리를 내려가면 험준한 산이 하나 나오는데, 이게 허산이다.
 크기는 그리 크지 않지만 산세는 더럽다는 말이 절로 나올 정도로 사납다.
 거기다 하남 동남부에서 북부로 올라가자면 반드시 거쳐야 하는 외길이 바로 이 허산을 지난다.
 그래서 요지인 이곳에, 당연하다 싶게 녹림의 산채가 들어섰다. 바로 천중산에서 이사 온 천중채이다.
 귀에 익다고?

맞다. 거패가 전에 채주로 있던 곳이고, 현재는 세영과 거래를 튼 이각이 채주로 있는 곳이다.

그 천중채의 한 모옥.

"아직 이렇다 할 움직임은 감지되지 않고 있습니다."

"그래도 조심해야 해. 자칫 이곳에 그들이 있는 것을 간파라도 당한다면 피바람이 휘몰아칠 거다."

"한데 채주님."

한 소두령의 부름에 이각이 답했다.

"왜?"

"굳이 그런 위험을 감수하면서 그들을 돕는 이유가 뭡니까?"

"그거? 그냥……. 채주… 아니, 전 채주가 그렇게 송장처럼 누워 있는 거 보니까 그냥 못 보내겠더라."

이각의 말에 몇몇 소두령이 고개를 끄덕였다.

미우니 고우니 해도 10년이 넘는 세월 동안 한솥밥을 먹은 사이다. 미운 정도 정이라고, 그렇게 쌓인 정이 적지 않았던 것이다.

그런 분위기 때문인지 거패와 함께 온 일행을 받아들인 건 달리 문제가 되지 않았다.

대신 그들의 주요 논점은 거패 전 채주를 저렇게 만든 이들이 이제 어찌 나올 것이냐 하는 것이었다.

"거패 전 채주를 데리고 온 이들의 말에 의하면 패천도황과 진천검황이 함께 움직인다고 합니다. 이것은 백도 전체가 움직이는 것과 다르지 않습니다. 총표파자께 보고를 드려야 하지 않을지……?"

"아니, 적을 속이자 할 땐 아군부터 속이라고 하지 않던가? 총표파자께는 보고하지 않는다."

"그러다 저들이 들이닥치면 어쩝니까?"

"그땐 총표파자가 있어도 막지 못한다. 잊었나? 총표파자는 사왕이고 놈들은 이황이야. 총표파자라도 그들 앞에선 개구락지 되는 거 외엔 방법이 없어."

이각의 말에 소두령들의 입이 다물렸다. 불안해 보이는 그들을 훑어보며 이각이 말을 이었다.

"이 중엔 총표파자, 아니면 아예 백도맹에 붙어서 위기를 넘겨 보자고 나설 사람이 없다고 보지만… 수하들 단속 잘해. 총표파자도 사람이야. 살기 위해선 우리쯤은 놈들의 손에 넘겨줄 수도 있어."

"설마… 그럴 리가요?"

"설마가 사람 잡는 법이야. 설사 총표파자는 아니라도 밑에서 그런 생각 가지고 있는 놈이 하나라도 나오는 날엔, 정보는 백도맹에 넘어가고 우린 이거 되는 거라고."

손으로 목을 그어 보이는 이각의 모습에 마른침을 삼키는 소두령들이 적지 않았다.

그들과 일일이 눈을 맞추며 이각이 말을 이었다.

숨어들다 • 239

"백도 놈들도 마찬가지야. 정보를 알려 주고 우린 살려 달라고 말한다고 그럴 놈들이 아니란 거 다 알잖아. 그놈들이 언제 살려 준다고 말하고 녹림을 봐준 적이 있었냔 말이다."

저마다 고개를 끄덕이는 소두령들을 바라보며 이각이 못을 박았다.

"천하를 호령하지는 못해도, 동료들 배신하고 등에 칼 맞아 뒈지진 말자."

"예, 채주!"

큰 소리로 답하는 소두령들을 확인한 이각이 본격적으로 산채 경비 강화 계획에 대한 일들을 상의해 나가기 시작했다.

※ ※ ※

강호에 흉흉한 소문이 돌았다.

개봉의 천강문이 관군의 공세에 멸문을 당했다거나, 마련의 명을 받은 천강문이 개봉 좌포청을 피로 물들였다는 등의 이야기들이었다.

그런 소문들 속에서 눈을 번뜩이는 이들이 자꾸 하남 주변으로 모여들었다.

"아직 아무것도 찾지 못했다는 것이 말이 되는가?"

분노한 제갈기진의 고성에 밀각을 맡고 있는 부군사의 고개가 땅에 닿을까 걱정일 정도로 숙여졌다.

"밀각 요원들의 오 할을 하남으로 집결시키고 있습니다."

"요원만 집결시키면 무슨 소용인가, 소득이 없는 것을! 찰각에서 추적술에 능한 이들을 지원받는 것은 어찌 되었나?"

"그게… 새로 외총관이 되신 팽경 대협께서 거부하시는 바람에……."

부군사의 답에 제갈기진의 눈살이 찌푸려졌다.

일전의 약속대로 내총관의 자리에 있던 팽경이 외총관으로 자리를 옮겼다.

대신 내총관으로는 사천당가의 사람이 임명되었다.

그건 당홍이 무극검웅조차 두려워하던 이를 제거한 것에 대한 배려 차원이었다.

그 때문에 외총관이었던 남궁호리는 낙동강 오리알 신세가 되어 버렸다.

그래서인지 그는 여전히 하남에 남아 놈들을 찾는 데 혈안이 되어 있었다.

"빌어먹을! 찰각이 아니어도 추적술에 능한 이들을 보유한 곳은 또 있을 터, 그냥 앉아 있었단 말인가?"

"내총관부의 취수당(就囚黨)이나 맹주전 직할의 영살루(影殺樓)가 추적술에 능한 이들을 보유하고 있으나 그들 모두 협조를 거부했습니다."
"취수당은 왜?"
"내총관의 명이라고……."
"내총관은 또 왜?"
"외총관부의 일에 내총관부가 개입할 생각이 없으시답니다."
"이런 빌어먹을! 하면, 영살루는?"
"맹주께서 불허하셨습니다."
"맹주께서?"
"예."
"이유는?"
"그것에 대해선 말씀이 없으셨습니다."
 부군사의 답에 제갈기진이 잠시 생각하다 고개를 끄덕였다.
"알았네. 그건 내가 직접 맹주께 확인하지. 참! 패천도황은 어찌하고 계신가?"
"여전히 외총관부에 머물고 계십니다."
"팽가오도(彭家五刀)는?"
"그들 역시……."
"도대체 팽가 최강의 도객들은 왜 불러들인 건지……. 알았으니 놈들을 찾는 데 최선을 다하게."
"예, 군사."

"물러가게."

자신의 축객령에 고개를 숙여 보인 부군사가 물러가자 제갈기진이 자리에서 일어섰다.

맹주에게 보고하고 지원을 요청하기 위해서였다.

맹주전으로 향하던 제갈기진은 맹주전에 대한 경비가 평소와 달리 잔뜩 강화되었다는 것을 알 수 있었다.

"맹주를 뵈옵니다."

제갈기진의 포권에 진천검황이 피곤한 표정으로 고개를 끄덕였다.

"어서 오게."

"무슨… 일이 있으십니까?"

"일은 무슨……. 한데 그건 왜 묻나?"

"평소보다 더 피곤해 보이십니다."

"그럴 일이 좀 있었네. 그나저나 무슨 일인가?"

"예? 아! 예, 몇 가지 보고드릴 사항도 있고, 청을 드릴 것도 있어서."

"보고라……. 일단 그것부터 듣지."

"예, 제일 먼저 드릴 보고는 역시 그들에 대한 것입니다."

"소득은?"

"송구합니다……."

고개를 숙이는 제갈기진에게 진천검황이 못마땅한 음성

을 토했다.

"아직 아무것도 찾지 못했다는 것이 말이 되는가?"

 자신이 불과 반시진 전만 해도 부군사에게 했던 말을 그대로 돌려받으며 제갈기진이 고개를 조아렸다.

"송구합니다. 밀각 요원들의 오 할을 하남으로 몰아넣고 이 잡듯 뒤지고 있으나 어디에 숨었는지 좀처럼 드러나지 않고 있습니다."

"하면 어쩌자는 겐가?"

"해서 청이 있습니다."

"무슨 청?"

"추적술에 능한 영살루의 고수들을 동원할 수 있도록 허락을 해 주……."

"아니 될 말!"

 중간에 자신의 말을 끊는 맹주를 힐끗 쳐다본 제갈기진이 의아한 표정으로 물었다.

"어찌……?"

"그들은 내 주변에서 떨어질 수 없네."

 진천검황의 답에서 묘한 느낌을 받은 제갈기진의 음성이 낮아졌다.

"설마… 맹주?"

 제갈기진의 물음에 진천검황이 피곤한 듯 관자놀이를 누르며 말했다.

"조만간 제왕검대(帝王劍隊)가 도착할 걸세. 그때까지는… 영살루를 움직일 수 없네."

"누구……?"

제갈기진의 물음은 저어지는 진천검황의 고갯짓으로 멈춰졌다.

"거론도 하지 말고 알려고도 하지 말게. 이것은 자넬 아끼는 내 마음에서 우러나 하는 충고이니 그리 알고만 있게."

진천검황의 그 말에 제갈기진은 더 이상 그에 대해서 거론할 수 없었다. 그런 그에게 진천검황이 물었다.

"그나저나 마련은 어찌하고 있나? 우리한테 한 방 먹은 것을 분해할 텐데?"

"일단 숨죽이고 있습니다. 생각 외로 재빨리 움직인 관군이 천산 쪽을 주시하기 때문이지요."

"관군의 움직임은 나도 의외였네. 마치 기다렸다는 듯이 밀어닥쳤으니……. 도대체 얼마나 움직인 건가?"

"천강문을 도륙 낼 때 동원된 관병의 수가 대략 이만, 이후 추가 동원 병력을 합해 모두 삼만가량이 개봉에 진을 치고 있습니다."

"개봉 좌포청이 그리 중요한 곳이었나? 아주 개떼처럼 달려드니, 이거야 원……."

"일단 우리가 생각했던 것보다 중요하게 취급되는 것은 맞는 거 같습니다. 동원된 관병들은 모두 순수 몽고병으로

숨어들다 • 245

구성된 정예군입니다."

"흠… 우리도 당분간은 몸을 사려야겠지?"

"관부에 대한 부분에선 아무래도 그래야 할 듯합니다."

"좋아, 그건 그리하기로 하고……. 구파가 이상하게 움직인다고?"

진천검황의 물음에 제갈기진이 어두운 표정으로 고개를 끄덕였다.

"예. 요사이 구파의 회동이 부쩍 잦아졌습니다. 거기다 최근 몇 년간 코빼기도 내밀지 않았던 개방의 대표가 빠지지 않고 참석하는 것도 마음에 걸립니다."

"개방이 좌포청의 일을 떠벌렸을 가능성이 높은 거겠지?"

"아마도… 그럴 것입니다."

제갈기진의 답에 잠시 턱을 긁적이던 진천검황이 물었다.

"참! 놈들과 함께 다니던 낙영검존은 어찌 되었는가?"

"점창에 틀어박힌 채 나오지 않고 있습니다."

"나머지 둘은?"

그게 누구를 말하는지는 어렵지 않게 짐작할 수 있었다.

구파를 떠받치는 기둥이 삼존인 것은 세상이 다 아는 사실이니까.

"매화검존(梅花劍尊)과 곤륜검존(崑崙劍尊)도 각기 자파에서 나오지 않고 있는 것으로 파악되고 있습니다."

사왕과 삼존의 차이가 메울 수 없는 간극으로 존재하는

것과 달리, 삼존과 이황의 간극은 대단히 얇았다.

 삼존의 수좌로 불리는 매화검존과 이황의 두 번째 자리를 차지하고 앉은 진천검황의 차이는 실제로 종이 한 장 차이보다도 좁았던 것이다.

 자칫 그날의 몸 상태에 따라서 승패가 갈릴 수 있을 정도로 말이다.

 그런 상황 때문에 삼존과 사왕이 겨루면 무조건 삼존이 승리할 것이라는 평가와 달리, 이황과 삼존의 다툼에 대해선 서로 다른 예상이 분분했다.

 그것은 백도맹의 실권을 쥔 오대세가가 언제나 불안한 시선으로 구파를 바라보는 이유가 되기도 했다.

"세상에 완벽함은 없는 법일세. 살피고 또 살펴야 할 게야."

"물론입니다. 한시도 눈을 떼지 않고 있습니다. 어쩌면 그들이야말로 마련보다 더 위험한 적이 될 수 있는 이들이니까요."

"그런 생각이라면 내 자네를 믿겠네."

"감사합니다, 맹주."

"하면 구파에 대해선 조금 더 살펴보고, 사라진 놈들에 대해선……."

"최선을 다해 찾아보겠습니다."

"서둘러야 하네."

숨어들다 • 247

"할 수 있는 모든 방법을 동원해 보겠습니다."

"그리하게."

진천검황의 말이 끝나자 제갈기진은 두말없이 신형을 돌렸다.

그렇게 그가 물러나자마자 영살루주가 진천검황의 곁에 모습을 드러냈다.

"놈들이 움직입니다."

"몇인가?"

"수는 불명……. 단지 셋보다 많지는 않습니다."

"설마… 벌써 피해가 나온 건가?"

"아닙니다."

"한데 어찌……?"

"팽가오도와 충돌이 있었습니다."

영살루주의 답에 진천검황의 입에서 침음이 흘렀다.

"흠……."

하긴 자신이 목표가 되었다면 패천도황도 목표가 되었을 것이다.

어쩐지 느닷없이 팽가오도가 백도맹에 모습을 드러냈다 싶더니만…….

하면 그 말은 진천검황, 자신보다 놈들의 움직임을 빨리 알아차렸다는 뜻이 된다.

그것이 의미하는 것들을 짐작해 보던 진천검황의 미간이

잔뜩 찌푸려졌다.

"어찌… 할까요?"

"부딪치면… 가능성은 있나?"

"육 대 사입니다."

"어느 쪽이 육인가?"

진천검황의 물음에 영살루주가 어두운 표정으로 답했다.

"저들이 육입니다."

"흠… 잠시 두고 보지. 팽가오도가 어찌 나오는지도 궁금하고."

"예, 맹주!"

복명한 영살루주의 신형이 허공 속으로 조용히 흩어졌다. 그렇게 홀로 남은 진천검황의 입에서 작은 음성이 흘러나왔다.

"천하제일동(天下第一洞)의 길은 반드시 내가 차지할 것이야!"

❈ ❈ ❈

맹주전과 비슷한 대화가 백도맹 안의 다른 공간에서도 벌어지고 있었다.

"흔적을 끊고 도주했습니다."

"수는?"

"둘, 또는 셋입니다."

"완벽하게 흔적을 잡아내지는 못했다는 소리로군."

"송구합니다, 태상가주님."

팽가오도의 수좌격인 대장로의 사과에 패천도황의 고개가 저어졌다.

"무슨 소리. 놈들을 막아 냈다는 것만으로도 충분한 성과를 거둔 것이야."

"하온데… 도대체 어떤 놈들입니까?"

대장로의 물음에 패천도황의 표정이 어두워졌다.

"알아서 좋을 것이 없는 놈들일세."

아리송한 답에 대장로의 물음이 이어졌다.

"실력이… 저희 이상이었습니다. 알고는 계십니까?"

그들이 죽기 살기로 덤벼들었다면… 자신들 속에서도 희생이 따랐을 것이다.

어쩌면 절반 이상의 희생을 치렀을 수도 있었다. 그 정도로 놈들은 강했다.

"알고… 있네."

"그러시다니 더는 말씀드리지 않겠습니다. 하나 한 가지, 그런 놈들이 둘만 더 붙으면 저희로서도 방법이 없다는 것을 말씀드립니다. 그들이 누구든, 저라면 척을 지진 않을 것입니다."

팽가오도, 전원이 팽가의 장로들이다.

팽가를 벗어나 본 적이 없는 이가 셋씩이나 포함된 덕에 외부로 알려지진 않았지만 그들 다섯은 모조리 백대고수의 수준이었다.

전원이 초극의 고수란 소리였다.

그들 다섯이면 패천도황조차 반시진 이내에선 제압이 불가능했다.

그런 이들이 불리하다고 말하고 있었다.

걱정으로 물든 대장로를 지그시 바라보던 패천도황이 고개를 끄덕였다.

"그 충고… 가슴에 새겨 두겠네."

"조카의 불효를 용서하십시오, 백부."

태상가주와 대장로로서가 아니라 백부와 조카로서의 대화였음을 강조하는 대장로에게 패천도황이 고개를 끄덕였다.

"고맙네, 조카."

그 말에 고개를 조아려 보인 대장로가 물러가자 패천도황의 표정이 굳어졌다.

놈들의 움직임이 본격화된 것은 당홍이 신장(神將)의 후예를 죽이면서부터였다.

그가 살아 있으면 몸을 사려야 하는데, 그가 사라졌으니 마음 놓고 활개 쳐도 좋다는 듯한 인상을 풍겼던 것이다.

그러면서 틀어졌다.

숨어들다 • 251

막후의 힘을 이용해 백도를 움켜쥐려던 오대세가의 야망과, 막후의 힘이 아니라 표면으로 부상하려 드는 그들의 욕심이 충돌하면서 양측의 거래에 균열이 생기고 있었던 것이다.
 그것도 서로의 목숨을 노리는 심각하고 거친 균열이.
 "절대 그렇게 쉽게 당하지는 않아."
 패천도황의 입에서 흘러나오는 음성에 결의가 차오르고 있었다.
 그런 그의 뇌리에선 이미 신장의 후예가 키우고 있었다는 덜떨어진 어린놈에 대한 우려는 사라지고 없었다.

    ❈ ❈ ❈

 만장이라 부르기엔 모자라도 천장이라 부르기엔 부족하지 않은 절벽 위에 한 여인이 앉아 있었다.
 "바람이 차지 않나요?"
 부드러운 음성에 여인의 고개가 돌아갔다.
 "이연… 또 그대로군요. 난 자살하지 않아요."
 "그런 걱정은 하지 않아요."
 "거짓말. 내가 여기에 앉아 있으면 이연이 내 곁을 맴돈다는 거 알아요."
 여인, 수련의 말에 이연이 쑥스럽게 웃었다.

"그렇게 티가 났나요?"

"좀 많이……."

"헤헷, 조심한다고 했는데… 그게 잘 안 됐나 보네요."

작게 웃으며 자신의 곁에 앉는 이연의 옆모습을 물끄러미 바라보던 수련이 말했다.

"고마워요."

"뭐가요?"

"이연, 그대가 그리 쉬운 사람이 아니라는 거 알아요. 그는……."

수련이 말하는 그가 누구인지 짐작하고 있는 이연은 그녀가 북받치는 감정을 다스리고 다시 말을 이을 때까지 조용히 기다렸다.

"…그는 당신이 귀서일 거라고 했었죠."

"귀서는 얼굴도, 나이도, 성별도 알려진 것이 없는 것으로 아는데요?"

"이연이 나타나고 난 후부터 귀서의 종적이 강호에서 끊겼다더군요. 그리고 귀서의 마지막 흔적이 발견된 곳이 하남, 그것도 개봉이라고……. 그는 당신이 귀서라는 것에 자기 전 재산을 걸 수도 있다고 했었어요."

"호오~ 그렇게나 강한 확신을 가지셨던가요?"

이연의 놀람에 수련이 작게 웃었다.

"말과는 다르게 아주 강했던 건 아니었던 모양이에요."

숨어들다 • 253

"에? 전 재산을 걸겠다고 했다면서요?"

"물론 그랬죠."

"확신이 강하지 않은데 어떻게 전 재산을 걸어요?"

고개를 갸웃거리는 이연의 모습에 '풋-' 하고 웃은 수련이 답했다.

"그가 가진 전 재산이라는 거… 은자 두 냥이 전부였거든요. 그리고……."

잠시 말을 끊은 수련이 앞섶에 걸린 작은 노리개를 만지작거리더니 다시 말을 이었다.

"…그 두 냥으로 이걸 사 줬죠. 좌포청으로 가기 전에……. 노리개는 처음으로 받아 보는 거라 정말 좋았는데……."

살행을 중단한 살막이 재정적으로 힘들다는 소리는 들었다. 그러니 살막의 막주가 돈이 없었다는 말은 믿을 수 있었다.

한데 단 한 푼이라도 아껴야 할 막주가 그런 상황에서 전 재산으로 갑자기 노리개를 사 줬다?

그건 좌포청으로 향하며 이미 죽음을 예견했다는 뜻이었다.

"좋은 분이었군요."

"네, 좋은 사람이었어요. 그래서 더 못 잊겠고요."

무릎을 괴고 고개를 올린 수련의 발치로 물기가 방울져 떨어졌다.

차마 보지 못하고 하늘로 고개를 돌린 이연의 시선엔 티끌 하나 없이 맑은 하늘이 보였다.

막야는 좀처럼 일어서지 못했다.
한때 영릉 최고의 의원이었다는 천중채 의원의 말에 의하면 부상은 다 나았다고 했다. 그런데도 막야는 일어서는 것조차 할 수 없었다.
그런 그의 곁을 유린이 지켰다.
"상공……."
자신의 부름에도 먼 산만 쳐다보는 막야를 바라보며 유린이 눈물을 흘렸다.
마침 그녀와 막야가 쓰는 모옥으로 들어서던 황렬이 그걸 보고 혀를 찼다.
"쯧, 아직도 그 모양인 게요?"
"아! 아주버니……."
황급히 눈가를 닦는 유린을 애달프게 바라본 황렬이 말했다.
"조금 지나면 정신 차릴 게요. 그러니 제수씨도 너무 조급히 생각지 말아요."
"그래야 하는데… 제가 해 줄 것이 아무것도 없어서……."
다시 눈물짓는 유린의 모습에 황렬은 답답한 시선으로 막야를 내려다보았다.

'강호 출신도 아닌 여자가 제 놈 하나만 바라보고 산적 소굴까지 와 있건만······.'

그렇다고 막야를 이해하지 못하는 건 아니다. 형제라고 믿고, 가족으로 지냈던 이들이 몰살을 당했다.

제정신으로 버티긴 힘들겠지만··· 그래도 저리 넋을 놓으면 곁에 남은 제 식구는 어쩐단 말인가 싶었다.

한숨을 내쉬며 막야의 모옥을 나서던 황렬은 수련과 함께 들어오는 이연과 마주쳤다.

"어마! 상공."

"어, 이제 들어와?"

"네."

밝게 답하는 이연에게 환하게 웃어 준 황렬이 그 곁에 선 수련에게 시선을 주었다.

"이 자식, 어찌 좀 살려 볼 수 없겠소?"

황렬이 말하는 이 자식이 누군지 알고 있는 수련이 희미하게 미소 지었다.

"그렇지 않아도 노력해 보고 있답니다."

"그쪽도 힘들다는 건 아는데··· 미안하지만 부탁 좀 합시다."

황렬의 말에 수련이 고개를 끄덕였다.

그러곤 말이 나왔기 때문인지 곧바로 막야의 모옥으로 들어가는 수련이었다.

그녀가 막야의 모옥으로 들어가 문을 닫자 걱정스런 표정으로 모옥을 바라보고 있는 황렬의 팔을 이연이 잡아끌었다.

"맡겨 두고 가요."

"그, 그래."

마지못해 따라나선 황렬을 끌고 이연이 향한 곳은 제법 커다란 폭포 아래였다.

그곳엔 살마와 하북삼흉, 그리고 거패가 가부좌를 틀고 앉아 있었다.

음한지공을 기반으로 하는 마공들을 익힌 이들이다.

그 덕에 떨어지는 폭포가 내뿜는 음기를 이용해 망가진 혈도를 복구하고 막힌 혈도를 뚫으려 저러고 있는 것이었다.

그들을 바라보고 서 있는 황렬을 이연이 조금 더 세게 잡아당겼다.

"어서 가자니까요."

그렇게 그녀가 황렬을 끌고 도착한 곳은 폭포 근처에 지어진 작은 모옥이었다.

그곳에 도착하자 모옥 안에서 흘러나오는 여인의 음성이 들려왔다.

"도대체 왜 이러고 있는 거예요? 시사부님이 이러고 있는 걸 좋아할 거라고 생각해요? 이러라고 기 낭자가 자신의 목숨으로 당신을 살렸다고 생각하냐고요?"

 지현의 음성이다. 그 음성에 모옥으로 들어서려는 황렬의 손을 이연이 잡았다.

 의아한 표정으로 그녀를 바라보는 황렬에게 이연이 고개를 저어 보였다.

 그렇게 멀거니 서 있는 모옥 안에서는 계속해서 지현의 음성이 흘러나오고 있었다.

 세상이 모호했다. 흐릿하고 불투명했다.

 아버지도 그랬고, 사부도 그랬다. 너무나 갑작스럽게 자신의 곁을 떠났다.

 '사람은 왜 죽는 걸까?'

 머릿속을 떠나지 않는 화두를 사부가 안다면 대번에 면박을 줄 것이다.

 '미친놈! 밥 먹고 할 일 없지? 그럼 가서 나무나 해 와, 이놈아!'

 그러면, 정말 그렇게 옆에서 사부가 말해 준다면 지금이라도 맨발로 뛰어나가 지게 한가득 나무를 해 올 것이다.

 아무런 불평 없이, 아무런 투덜거림도 없이……

 "후회는 아무리 빨라도 늦은 거다. 그러니 후회가 아니라 다짐을 해라. 다시는 그렇게 하지 않겠다는 다짐. 그건 결

코 늦지 않은 것이다. 왜냐고? 다짐을 했으니 다음엔 절대로 같은 일을 반복하지 않을 테니까."

 아버지의 음성이 귓가를 울리는 것 같았다.
 '한 번도 틀린 말을 해 본 적이 없는 아버진데… 그런 아버지의 말인데……. 난 왜 똑같은 실수를 하고, 똑같은 후회를 하는 걸까?'
 아버지가 그렇게 허무하게 돌아가신 후, 자신이 좋아하는 사람은 절대로 그렇게 보내지 않겠다고 다짐했었다.
 하지만…
 사부가 덧없이 돌아가셨다. 그녀가… 비명에, 적의 검 앞에 무너졌다.
 그때 자신은 누워서 깨어나지도 못하고 있었다. 무기력하게.
 '죽어야 해. 살 가치가 없는 거야.'

"제발 정신 좀 차려 봐요! 기다리는 사람이 얼마나 많은 줄 알아요?"

 '아버지의 말이었나? 아니면 사부? 아니, 아니… 모르겠다. 그 두 사람의 말은 아닌 듯한데……. 근데 누가 날 기다리지? 아버지도 없고, 사부도, 그녀도 없는데? 아아, 모르

겠다. 난 그냥 이렇게 있는 게 좋아. 누구도 잃지 않고, 누구에게도 짐이 되지 않을 테니까.'

여전히 미동도 하지 않은 채 멍하니 누워 있는 세영을 바라보며 지현은 피를 토하는 심정으로 그를 깨우기 위해 같은 말을 하고, 또 하고, 또 했다.

제발 자신의 간절한 마음이 전달되길 바라면서…….

제64장
몸부림

 사람들은 말한다. 가끔 이유 없이 정신을 놓고 먼 산을 바라보기도 하고, 때론 이유 없이 정열을 불태우기도 하며, 아주 가끔은 불현듯 자신의 무지를 깨닫기도 한다고.
 그런 관점에서 보면 세영이 얻은 것도 그런 것 중 하나였다.
 시작은 죽음만 바라보다 느낀 사소한 의문 하나, '왜'에서였다.
 '아버지가, 사부가, 그녀가 죽었다. 죽었어. 내 곁에 없다. 왜? 죽었으니까. 왜? 죽임을 당했으니까. 왜? 날 지키려다.'
 그리고 떠오른 또 하나의 의문.
 '누가?'

그 의문을 떠올리는 순간 몸이 먼저 반응했다.

갑자기 부르르 떠는 세영의 모습에 놀란 지현이 의원을 애타게 부르며 모옥을 뛰쳐나갔다.

그녀가 의원을 부르러 나간 직후…….

번쩍-

세영의 눈이 떠졌다.

※　※　※

낙양 좌포청에 이어 개봉 좌포청마저 풍비박산이 난 이후, 하남 무림인에 대한 감시는 임시로 개봉에 주둔한 3만 관병에게 배당되었다.

하지만 남과 북으로 남송과 아리크부카와의 전투를 치르고 있던 몽고는, 순수 몽고병들로 이루어진 정예군의 수요가 끊임없이 늘어났다.

결국 개봉에 주둔 중이던 몽고군은 주둔 6개월 만에 남과 북의 전장으로 나뉘어 떠났다.

그렇게 되자 관부는 부랴부랴 좌포청을 신설했는데, 그 위치는 하남 행성의 관아가 들어선 정주였다.

개봉과 낙양의 선례 때문인지 정주 좌포청을 개설할 때 어사대는 심혈을 기울였다.

고르고 고른 관부 무사들이 파견되었고, 한족이라고는 하나 다수의 귀순병을 정용으로 고용해서 배치했다.

 그 덕에 정주 좌포청이 처음 개청할 때의 인원은 포두와 포교 2백을 포함해 1천2백 명에 달했다.

 그 막강한 위용 때문인지 그들이 개청하고 처음 맡은 임무는 낙양과 개봉 좌포청의 변란을 조사하는 것이었다.

"정주에 좌포청이 생겼다고?"

"예, 맹주님."

"뭐, 없는 게 편하겠지만 관부의 기관이니 생기는 게 당연한 게 아닌가? 한데 그걸 우리가 이렇게 일일이 신경 쓸 필요는 없지 않나?"

 진천검황의 물음에 제갈기진이 조심스럽게 답했다.

"저들이 첫 임무로 선택한 것이 낙양과 개봉 좌포청 변란 사건입니다."

"흠… 하필이면. 한데 조사한다고 무엇이 나올까?"

 물어오는 진천검황의 음성엔 걱정보다는 신뢰가 더 묻어났다. 하지만 그 신뢰는 예상외의 답변과 직면해야 했다.

"그들만의 조사라면 나오는 것은 없을 겁니다."

"그들만의 조사? 답이 좀 묘하네만……."

"마련에서 정주 좌포청의 조사를 돕겠노라고 나섰습니다."

"마… 련에서?"

"예."

제갈기진의 답에 진천검황이 이해가 안 간다는 표정으로 말했다.

"아니, 죄인으로 지목되어 소속 문파까지 쓸려 나간 곳에서 나선다고 관부가 받아들이겠나?"

"받아들였습니다."

"뭐?"

진천검황의 반문에 제갈기진은 상황을 상세히 설명하기 시작했다.

"아실지 모르겠지만 원래 좌포청은 포령, 그러니까 7품 관리가 맡게 되어 있었습니다."

"한데?"

"정주 좌포청의 경우엔 포령이 아니라 어사잡단(御史雜端)이 재판권과 포청의 인사, 수사 지휘권을 모두 갖고 내려왔습니다."

"명문가 출신인가 보구먼."

속 편한 한 장로의 대꾸에 제갈기진이 말을 이었다.

"그냥 그랬으면 좋았을 텐데, 그렇지 않습니다. 정주 좌포청으로 내려온 어사잡단의 이름은 좌청. 금나라식 이름은 아율유가, 원래 요의 후예국을 자처했던 대요수국을 정벌한 강력한 장수입니다."

"대요수국? 그게 언제 적 이야기인데 지금 나오는 게요?"

앞서 말문을 열었던 장로의 핀잔 섞인 물음에 제갈기진

이 답했다.

"대략 삼십여 년 전 이야깁니다."

"하면 그 야율유가인지 뭔지의 나이가 최소 쉰은 넘었다는 소리가 아니오?"

"그보다는 더 되었을 것입니다. 다만 문제는 외모는 그리 되어 보이지 않는다는 것입니다."

"동안이란 소리요?"

"그게… 아무래도 정통 무인 같습니다."

"정통 무인이면… 무림인을 말하는 게요?"

"맞습니다, 장로님."

제갈기진의 답에 회의석상이 찬물을 끼얹은 것처럼 조용해졌다.

그런 상황에서 진천검황이 물었다.

"근거는?"

"최근 그가 참여한 전투는 남송과의 전장이었습니다. 그곳에서 목격된 그는 하늘을 날고 일수에 수십의 적병을 베어 천장이란 별칭을 얻었다 합니다."

"소문을 전부 믿을 수야 없는 게 아닌가?"

"그게… 밀각 요원의 보고가 있습니다."

"설마 밀각 요원이 천장이네 어쩌네 한 건 아니겠지?"

"소문을 전한 것은 맞으나 그리 평하진 않았습니다, 맹주님."

"좋아, 그럼 밀각 요원의 평가는 뭔가?"

진천검황의 물음에 제갈기진이 답했다.

"대략 초절정에서 초극 사이의 고수로 판단된답니다."

"잘하면 백대고수의 수가 늘어나겠구먼."

각 파에서는 저마다 백대고수에 이름을 올리진 않았지만 비슷한 급의 고수들을 보유하고 있었다.

그들을 전부 풀어놓으면 한 삼, 사백대고수가 되지 않을까?

여하간 혼동이 생기지 않게 백대고수급으로 정해 놓고 부르는 게 강호에서 통용되는 방법이었다.

그걸 잘 아는 진천검황이 그런 말을 한 것은 지극히 농에 가까운 것이었다.

하지만 그 농에 웃는 사람이 아무도 없다는 것이 문제였다.

"험험."

무안한지 헛기침을 해 대는 진천검황에게 제갈기진이 말을 이었다.

"그가 백대고수급인지 아닌지는 중요한 게 아닙니다."

"그럼 뭐가 중요하다는 거지?"

"밀각 요원의 보고에 의하면 그가 사용한 무공이 아무래도 자전도법(紫電刀法) 같답니다."

그 말끝에 여기저기서 신음 같은 침음이 튀어나왔다.

"흠… 그럼 마교 출신이라는 건가?"

자전도법은 흑월도법(黑月刀法), 혈우도격(血雨刀擊)과 함께 마교의 3대 도법으로 불리는 강력한 무공이었다.

"자전도법이 외부로 유출되었었다는 기록이나 정보가 없었으니… 그럴 가능성이 높습니다."

"그래서… 정주 좌포청이 마련의 요청을 수락했나?"

"예, 마련에서 돕겠다고 나온 이들이 이틀 전에 정주 좌포청에 도착해 여장을 풀었다는 보고도 들어와 있습니다."

"누가 나온 거지?"

"단리성입니다."

"흠……."

진천검황은 물론이고, 회의에 참석한 장로들 사이사이에서 아까보다 더 큰 침음이 흘러나왔다.

그도 그럴 수밖에 없는 것이, 제갈기진이 지금 거론한 '단리성'은 백도에서 금기시된 이름이었기 때문이다.

이름에서 알 수 있듯이 그는 50년 전에 멸문당한 단리세가의 적손이다.

단리세가의 도법은 직선적이고 패도적이다.

한때 패도식으로는 하북팽가의 도법과 함께 강호의 쌍벽을 이룰 정도였으니 그 파괴력이야 충분히 짐작할 수 있을 것이다.

여하간 그 단리세가가 멸문당한 것은 욕심 때문이었다.

물론 단리세가가 욕심을 부렸다는 건 아니다. 그들은 자신들이 가진 것을 내보이지 않기 위해 무던히도 노력했으니까.

그들을 멸문으로 몬 것은 5백 년 전, 천하제일인이라 불렸던 한 도객의 독문 무공인 단천십자도결(斷天十字刀訣) 때문이었다.

어째 귀에 익다고?

그럴 것이다. 십자로 시작되는 무공은 여러 개가 존재하니까.

그중 가장 대표적인 것은 누가 뭐라 해도 팽가의 십자천도(十字千刀)다.

그다음으로 거론될 만한 것은 남궁세가의 일수십자검(一手十字劍), 제갈세가의 십자비도(十字飛刀), 황보세가의 십자패각(十字擺脚) 정도였다.

비슷한 이름으로 짓는 게 뭐 어때서 그러냐고?

그렇게 주장하면 달리 할 말이 없다. 하지만 알 만한 사람은 다 안다.

그 많은 십자 어쩌고 하는 무공을 가진 이들의 경우, 단리세가에서 얻은 단천십자도결의 몇 조각으로 만들어진 무공이라는 것을.

여하간 20년 전 그가 강호에 처음 모습을 드러내던 날, 백도는 커다란 충격에 휩싸였다.

당시의 십대고수 중 일인이었던 벽력권왕(霹靂拳王)이 단 한 수만에 두 쪽이 나 버렸기 때문이다.

 추측되는 그의 경지는 화경. 물론 사왕의 일인을 단칼에 베었으니 삼존급 또는 그 이상이었다.

 그랬던 그가 다시 모습을 드러냈다.

 백도가 바짝 긴장을 할 수밖에 없는 이유였다.

 "그래서 대책은?"

 진천검황의 물음에 제갈기진이 답했다.

 "이제부터 세워야죠."

 그 말에 진천검황을 비롯한 좌중의 분위기가 무겁게 가라앉았다.

❈ ❈ ❈

 백도맹 밀각의 요원인 밀영(密影) 95호는 50장 정도 떨어져서 목표를 감시하고 있었다.

 감시는 어렵지 않았다.

 워낙 훤히 드러나 보이는 곳에 위치한 정주 좌포청이었기 때문이다.

 그곳을 어슬렁거리며 움직이는 목표를 감시하는 것은 지루하긴 했지만 어렵거나 위험하지는 않았다.

 밀영 95호가 하품을 하느라 잠시 목표를 시야에서 놓치기 전까지는.

"응?"

하품을 하고 보니 목표가 보이지 않았다.

건물과는 제법 거리가 떨어진 연무장에 있었기 때문에 나무 그림자에 잠깐 가려졌나 싶었다.

한데…….

"크억-!"

갖은 고문에도 신음 소리 하나 내지 않기로 유명한 밀위(密衛)가 비명을 지르며 나가떨어졌다.

추적과 감시를 맡은 밀영을 지키는 밀위는 기본적으로 둘이다.

하지만 이번 임무는 그 위험성 때문에 셋이 붙었다.

그러니 아직 둘이 남아 있다는 소리다.

그들에게 뒤를 맡긴 채 밀영 95호는 뒤도 안 돌아보고 도주를 택했다.

자신의 임무는 싸우는 것이 아니라 도주하여 정보를 전하는 것이었기 때문에.

하지만 그의 바람은 이루어지지 않았다. 달려가는 몸에서 목이 굴러떨어졌기 때문이다.

목 없는 시신이 되어 바닥에 널브러진 밀영 95호를 내려다보며 강호인들이 단천십자도객, 백도인들이 십자도의 살인마라 부르는 단리성이 말했다.

"느려. 마지막 놈이 비명을 지를 때까지 눈치를 못 채다니."

그랬다. 비명을 지르며 튕겨 나간 밀위는 처음이 아니라 마지막 희생자였던 것이다.

그렇게 자신이 목을 베어 낸 이들의 시신을 내려다보는 단리성의 뒤로 사내 하나가 내려섰다.

"사형."

고개를 돌리니 위맹한 표정을 한 30대의 장한이 서 있었다.

"그 표정은……. 또 잔소리를 할 생각인 거냐?"

"관부와 일을 함께하는 것입니다. 살생은… 자제해 주십시오."

"백도 놈들과 마주하면 그게 잘 안 돼서 말이다."

"사형……."

사람들은 모른다.

단천십자도결이 자전도법처럼 원래 마교의 것이었다는 것을.

그리고 단리세가의 뿌리는 마교에 있었다는 것을.

"알았다. 그러니 그런 표정 짓지 마라."

단리성의 말에 아율유가, 아니 좌청이 희미하게 미소 지었다.

"고맙소."

"고맙긴……. 한데 언제부터 움직일 생각이야?"
"내일, 수색대를 이끌고 개봉부터 뒤질 생각이오."
"낙양이 아니라?"
"낙양은 확증이 있을 때… 관병들과 함께 움직일 거요."
"내가 못 미더운 거냐?"
"믿소. 사형의 실력도 믿고."
"한데 왜……?"
"관부의 일이오. 자칫 사건이 증명되기 전에 싸움이 벌어지면… 관부는 심증만으로 백도맹을 위협했다는 오명을 뒤집어쓰게 될 것이오."
"흠… 무슨 이야기인지 알았다. 네 뜻대로 해라."
"고맙소, 사형."
"입에 발린 말은 되었으니 술이나 한잔 사라."
"그럽시다."
앞서는 좌청을 따라 단리성이 떠나간 자리엔 목 잃은 시신 4구만이 을씨년스럽게 남아 있었다.

❈ ❈ ❈

개봉 좌포청에서 구출을 받은 이후, 패천도황은 팽가로 귀환하지 않은 채 백도맹의 한 전각에 틀어박혀 지냈다.
자신의 능력에 대한 회의인지, 아니면 새로 나아갈 길에 대한 단초를 잡은 것인지, 그는 전각의 지하에 마련된 연무장에서 거의 대부분의 시간을 보냈다.

그 탓에 백도맹에선 조심스럽게 패천도황의 근황이 폐관과 다를 게 없다는 소리가 돌아다니고 있었다.

그런 패천도황의 숙소로 의외의 사람이 들어섰다.

모처럼 몸을 씻고 차를 마시던 패천도황은 안으로 들어서는 사람을 보고는 미간에 주름을 잡았다.

"모처럼의 시간을 방해하는군."

뭐랄까?

이전보다 점잖아졌다고 해야 할까, 아니면 특유의 맛이 사라졌다고 해야 할까?

패천도황은 과거처럼 막말을 하지도 않았고, 화도 잘 내지 않았다.

그렇게 변한 패천도황을 지그시 바라보며 진천검황이 말했다.

"미안하게 되었네. 하지만 의논할 일이 있어서 어쩔 수가 없었네."

"놈들은 돌아간 걸로 아는데."

"그랬지. 무슨 생각인지는 모르지만 한 달 전에 놈들은 모습을 감추었어. 우리 쪽에선 제왕검대 쉰 중 마흔넷을 잡아먹혔지. 자네 쪽은 팽가오도 중 셋이 날아갔다지?"

"넷. 살아 있어도 살아 있는 게 아니니까."

양팔이 날아갔기 때문이다. 팔 없는 도객은 있을 수 없는 것이니까.

"빌어먹을 종자들이라니까. 한데 조금만 더 밀어붙이면 우리 둘에게 다가설 수 있었는데 왜 그만뒀을까?"

"제 놈들끼리 붙은 모양이지."

자신의 예상과 같다는 것에 빙긋이 미소 지은 진천검황이 물었다.

"그런데 앉으라는 소리도 안 하나?"

"앉으면 길게 떠들 거 아닌가? 나 시간 없어."

"도대체 왜 그렇게 닦아세우는 거야? 뒤에 숨어서 나오지도 못하는 그놈들 때문에?"

"아니다."

"하면?"

물어오는 진천검황을 패천도황이 지그시 바라보았.

'말하면 알까? 아니, 모를 것이다. 자신이 가진 모든 것을 쏟아부어도 상대의 솜털조차 건드리지 못하는 그 절망감은 겪어 보기 전엔 짐작조차 못할 테니까.'

"…넌 말해도 모른다."

그 대답에 진천검황이 눈살을 찌푸렸다.

"여전히 잘난 척이로군."

"비난하러 온 거였으면 했으니 이젠 가라."

"빌어먹을 인사!"

이보다 더 심한 욕을 퍼붓고 싶었지만 지금은 그렇게 해서 패천도황의 감정을 상하게 만들 때가 아니었다.

그것을 알기에 꾹 눌러 참은 진천검황이 말문을 열었다.

"놈이 나왔다."

"놈이라……. 그렇게 불리는 놈들이 워낙 많아서."

"단리의 성을 쓰는 놈은 그리 많지 않을걸."

진천검황의 말에 패천도황의 표정이 굳었다.

그걸 확인한 진천검황이 느긋한 음성으로 말을 이었다.

"단천십자도결……. 더 깊어졌더군. 이젠 정말로 마교 것이라 해도 믿겠어."

진천검황의 말에 굳게 쥐어진 패천도황의 주먹이 부르르 떨렸다.

"배신자……. 가만, 배신자는 저쪽이 아닌가?"

패천도황은 그렇게 말을 던져 놓고 피식 웃는 진첨검황의 목을 비틀어 버리고 싶었다.

그 노골적인 살의를 정면으로 맞으면서도 진천검황은 태연하게 말을 이었다.

"어쩌면 십자천도가 튀어나올지도 모르겠다고. 놈들도 알고는 있을 거 아닌가?"

"하고… 싶은 말이 뭐냐?"

"놈이 좌청이라는 관인 놈과 함께 개봉으로 이동 중이야. 좀 날래다는 무장 출신 포두와 포교 삼십 명과 함께. 아!

좌청이란 관인 놈, 마교 냄새가 진하게 나. 구린내가 진동을 한다는군. 문제가 생기기 전에 환부를 도려내는 게 좋지 않겠어?"

진천검황의 말을 곱씹던 패천도황이 말했다.

"십자도단은 움직일 수 없다."

"알아, 현재 충원 한지도 얼마 안 됐고, 훈련도 마무리가 다 안 되어 있다는 거."

"얼마나 지원해 줄 수 있나?"

"창궁단은 십자도단과 별반 다를 바가 없지. 대신 무애단은 어느 정도 재건이 끝나 있네. 그들을 붙여 주지."

"부족할 거다."

"그럴지도……. 그럼 천검단(千劍團)은 어때?"

각 세가에서의 전투 집단을 명칭과 인원까지 그대로 받아들인 십자도단이나 창궁, 또는 무애단과는 달리 천검단은 백도맹에서 자체적으로 조직한 전투 집단이다.

대부분의 소속과 경지는 다 제각각이지만 천검단이면 십자도단과 창궁단이 모조리 투입되어도 섣불리 승리를 논할 수 없는 상대였다.

문제가 있다면…….

"너무 소속이 복잡하지 않나? 기밀이 유지되지 않을 거다."

"뭐, 대충 쓰고 버려."

진천검황의 말에 패천도황은 한참 동안 아무 말도 하지 않았다.

하지만 그동안 진천검황도 아무 소리 없이 앉아 있었다.

서로 상대방에게 전력을 보태 주거나 유리한 상황을 만들어 줄 하등의 이유가 없었다.

그러니 진천검황이 패천도황에게 유리한 기회를 제공할 리 없는 것이다.

설사 지금은 한배를 타고 있다 해도…….

아니, 무애단을 제공하는 것만으로도 진천검황으로서는 큰 선심을 쓴 셈이기도 했다.

그래도 문제는 남는다.

"책임은 내가 지라는 소리로군."

"덮어야 하는 건 남궁의 치부는 아니니까."

반론을 제기할 수 없는 이유였다. 그의 말대로 덮어야 하는 치부는 남궁이 아닌 팽가의 것이니까.

"언제 줄 텐가?"

"무애단이야 언제라도 내줄 수 있지만 천검단은 아니지. 장로 회의를 통해야 하니까……. 이틀 정도가 더 걸릴 걸세."

"시일이… 맞을까?"

"중간에서 요격하는 건 어려워도 개봉에서 잡는 거야 어려울 게 없지 않겠나?"

"알았다."

답을 하고 눈을 감는 패천도황의 모습에 피식 웃어 보인 진천검황이 신형을 돌렸다.

어차피 찾아올 때부터 차 대접 같은 걸 기대한 것이 아니었으니 기분 나쁠 것도 없었던 것이다.

그렇게 진천검황이 돌아가자 검은 인영 하나가 패천도황의 곁에서 솟았다.

"뭐라 전하올지……?"

"약속을 지키라고."

"그것만 전하면 되올지……?"

"더는… 날 원하지 말라고."

"그리 전하겠습니다."

답과 함께 검은 인영의 흔적도 사라졌다.

"빌어먹을, 그때 손을 잡는 게 아니었어."

후회다. 자주 듣는 말이지만 후회는 아무리 빨라도 늦는다. 그래서 입맛이 더 쓴지도 몰랐다.

제65장
복수의 첫발

 천검단은 생각보다 늦게 동원되었다.
 자신들의 제자들을 어떻게든 희생시키지 않으려 한 중소 문파의 대표들이 이 핑계, 저 핑계로 결정을 늦춘 까닭이었다.
 보다 못한 진천검황이 버럭 화를 내고서야 결정이 내려지고 천검단의 지휘권이 패천도황에게 쥐어졌다.
 묵묵히 기다리던 패천도황은 일천의 검수로 구성된 천검단을 이끌고, 서른의 무애단을 앞세운 채 개봉으로 달렸다.
 패천도황이 이끄는 백도맹의 전력이 낙양을 출발하던 날, 좌청이 이끄는 정주 좌포청의 조사단이 개봉으로 들어섰다.

그들은 원활한 활동을 위해 우선 개봉 우포청부터 들렀다.
"어서 오십시오."
 정문 밖까지 마중 나온 포령의 안내로 우포청 내로 들어선 좌청은 곧바로 포장의 집무실로 안내되었다.
"어서 오십시오."
 개봉 포청의 최고위자인 구부르타의 인사에 좌청이 고개를 끄덕였다. 그러자 구부르타가 자신이 방금 전까지 앉아 있던 상석을 양보하며 말했다.
"좌정하시지요."
 구부르타의 권유에 좌청은 사양 한번 없이 상석에 앉았다. 그가 앉자 함께 따라온 단리성이 그 좌측에 앉았다.
 그리고 나서야 포장인 구부르타와 우포청의 포장이 그 맞은편, 그러니까 좌청의 오른쪽에 앉았다.
 그런 이들을 둘러본 좌청이 입을 열었다.
"우리가 온 이유는 알고 있을 것이라 생각하오만."
"예, 이미 정주 좌포청에서 보내온 공문을 받았습니다."
"준비는 갖춰진 거요?"
"공문에 명시해 놓으신 것들의 대부분은 준비를 해 두었습니다만, 몇 가지 사안은 저희 능력 밖의 일인지라……."
"어떤 것이 능력 밖이라는 것이오?"
"개방의 방주와 잔살문주, 거기다 뇌령문주까지 대령시

키라 명하신 것은……."

"관아가 부르는데 출석하지 않는단 말이오?"

"그것이… 어떤 장애가 있는지 대인도 알고 계시지 않습니까?"

구부르타의 물음에 좌청의 눈에서 불이 번쩍였다.

"그래서 시도는 해 보았소?"

"그, 그건……."

"아마 시도도 해 보지 않았겠지. 구부르타, 내가 그대를 못마땅하게 생각하는 건 바로 그런 것이오. 해 보지도 않고 포기하는 것. 확실하지도 않으면서 그럴 것이라 믿는 것. 그댄 아직도 그 버릇을 버리지 못한 모양이구려."

구부르타와 좌청, 아니 아율유가는 적지 않은 인연을 가지고 있었다.

한때 둘 다 같은 장수의 휘하에서 부장을 지냈었기 때문이다.

물론 좋은 관계는 아니었다. 사사건건 부딪쳐 상관이 경고를 할 정도였으니까.

하지만 지금은 서로가 다른 위치에서 만났으니 만감이 교차할 수밖에 없는 일이었다.

"……."

꿀 먹은 벙어리처럼 아무 말도 못하는 구부르타에게 좌청이 명했다.

"지금 즉시 해당자들에게 출석 요구서를 보내시오."
"거부하면 관아의 존엄만 떨어질 겁니다."
"관아의 존엄은 무섭다고 무작정 피해서 지켜지는 것이 아니라 강제로라도 하게끔 만들어서 지켜 내는 것이오."
"관아에 그런 힘이 있다고 생각하시는 겁니까?"
 날카로운 구부르타의 음성에 좌청은 비웃음으로 답했다.
"그것도 없이 부르라 명할 정도로 그대 눈에는 내가 멍청해 보이던가?"
 싸늘한 좌청의 음성에 구부르타는 말문이 막혀 아무 말도 하지 못했다.

 그날부로 개봉 우포청에서는 포쾌들이 전서를 소지하고 말을 달려 나갔다.
 하나는 잔살문으로, 하나는 뇌령문으로, 그리고 한 명은 걸어서 개방으로.
 잔살문은 출석 요구서를 박박 찢어 버렸고, 뇌령문에서는 포쾌가 반쯤 박살이 나서 돌아왔다.
 하지만 개방은 출석 요구에 순순히 응했다.
 자신의 앞에 앉아 있는 노개를 바라보며 좌청이 물었다.
"개방의 방주시오?"
"그렇소."
"뒤에 있는 이는……?"

"호법이오."

한 방파의 방주가 경호도 없이 움직인다는 것은 있을 수 없으니 좌청은 그 문제에 대해 거론하지 않았다.

대신…….

"개봉 좌포청의 난이 있던 날, 개방도들이 좌포청 주변을 둘러쌌었다는 목격자들의 증언이 있던데……?"

"맞소, 우리가 둘러쌌었소."

"이유를 물어도 되겠소?"

"아니 된다면 묻지 않을 것이오?"

방주의 물음에 좌청이 피식 웃었다.

"그렇군. 내가 어이없게 물었어. 그럼 수정하리다. 왜 둘러쌌는지 설명해 보시오. 설명해야만 하는 이유를 말해야 할 정도로 아둔하다고는 생각지 않소만."

"이유를 듣길 좋아하긴 하지만 이번엔 그냥 해 드리리다."

방주의 말에 좌청이 어깨를 으쓱하며 양손을 들어 보였다. 시작하란 뜻이다.

그 행동에 방주의 말이 이어졌다.

"일단의 무장 집단이 좌포청을 노린다는 정보를 입수해서 그들을 보호하고 싶었을 뿐이오."

"개방이 의협심이 강하다는 건 인정하리다. 하지만… 관까지 보호하려 들 정도로 오지랖이 넓다고는 생각해 본 적 없소만."

"내 의제가 없었다면 아니, 그가 부상 중만 아니었다면 그런 일은 없었을 거요."

"의제라……. 누구냐고 물어야 하는 거요?"

"알고 있을 거라 생각하는데. 굳이 내 입으로 듣고자 하는 이유가 무엇인지 궁금하구려."

서로 한 치의 양보도 없이 설전을 주고받는 두 사람 사이에서 묘한 기류가 형성되었다.

그 기류 사이로 손 하나가 들이밀어졌다.

꾹- 팍!

단순히 손을 넣어 주먹을 쥐는 동작 하나만으로 양측이 내보내 맞서던 내력이 으깨져 흩어졌다.

단리성은 피식 웃고 말았지만 방주의 표정은 잔뜩 굳어졌다.

놀라지는 않았지만 상대의 정체를, 아니 적이 분명한 이의 강함을 확인하는 것은 언제나 기분 나쁜 일이었기 때문이다.

"장난은 여기까지. 그가 다쳐서 돌아왔다는 건 안다. 다만 왜 다친 건지 알고 싶을 뿐이다."

차가운 단리성의 음성에 방주의 시선이 그에게 향했다.

"관인이신가?"

"그럴 리가."

"그럼 내게 질문할 권리는 없는 게로군."

방주의 말에 단리성의 눈썹이 꿈틀거렸다. 순간, 방주의 뒤에 서 있던 호법이 반 발자국 앞으로 나섰다.

그걸 제지하고 나선 건 방주도, 단리성도 아닌 좌청이었다.

"지금은 공무 중이요."

주위의 시선을 의식해 사형이란 말을 빠트렸지만 단리성은 기분 나빠하지 않았다.

그가 물러나자 방주도 물러났다.

기세를 세워 봐야 이쪽이 처지는 데다, 부딪치면 필패라는 걸 알기 때문이었다.

그런 방주에게 좌청이 물었다.

"내가 물으리다. 그자, 개봉 좌포청의 포교는 어디에서 다쳐 온 거요?"

"누가 손을 썼는지까지는 알 수 없소. 다만 그가 개봉 좌포청을 떠난 임무에 대해선 대충 귀동냥을 한 것이 있소."

"그게 무엇이오?"

"낙양 좌포청에서 한 지원 요청으로 나갔다 하더이다."

"낙양 좌포청의 지원 요청을 받아 나갔다?"

"그렇소."

사전 조사에서 낙양 좌포청이 백도맹과의 크고 작은 충돌로 상당한 곤욕을 치르고 있었다는 것은 알고 있었다.

하지만 그들이 개봉 좌포청으로 지원을 요청했다는 것은 금시초문이었다.

"확실한 거요?"

"그리 들었소."

방주의 답에 잠시 무언가를 생각하던 좌청이 조용히 배석해 있던 구부르타를 쳐다봤다.

"포청의 문서 수발은 모두 기록하는 것으로 알고 있는데?"

"그렇습니다."

"개봉 좌포청의 것도 있소?"

"있을 겁니다."

"있을… 겁니다?"

"개봉 좌포청으로 가는 문서는 개봉 좌포청에서 기록하여 관리하니까요."

"그럼 개봉 좌포청이 깨어진 후 제반 서류들을 챙겨 오지 않았었단 말이오?"

못마땅함이 분명한 좌청의 음성에 구부르타는 담담한 표정으로 답했다.

"어사대에서 내려온 것은 인수 명령이 아니라 폐쇄 명령이었습니다. 그 상황에서 서류를 가져오는 것은 명령 위반에 월권 행위입니다."

듣고 보니 틀린 말이 아니다.

후일 조사를 위해 파견되는 조사대를 위해서라도 현장은 보존하는 것이 우선이니까.

"하면 지금 좌포청에 모든 서류들이 그대로 보관되어 있다는 소리요?"

"예. 폐쇄 절차를 밟을 때 인장을 찍어서 잠가 두었습니다."

구부르타의 답에 좌청이 고개를 끄덕였다.

"하면 그건 조금 있다 가서 확인해 보면 되겠고……. 방주."

"말씀하시오?"

"의제였다 했소?"

"그랬소."

"하면 그가 어디로 갔는지도 아시오?"

좌청의 물음에 방주의 표정이 어두워졌다.

"내가 지난 육십 평생을 살면서 세 번 후회했소. 거지가 된 것이 첫째요, 사부의 임종을 못한 것이 둘째올시다."

"하면 셋째가……?"

"그렇소. 내 의제를 지키지 못한 것이오."

"그 말은… 죽었다는 뜻이오?"

좌청의 물음에 방주가 고개를 저었다.

"시신을 내 눈으로 확인하기 전까진 의제의 죽음을 인정할 수 없소."

"한데 왜 그런 말을 하는 거요?"
"의제를 연모하던 여인의 시신을 발견했소."
방주의 말에 눈을 반짝인 좌청이 물었다.
"그게 어디요?"
"개봉 남단이었소."
"개봉 남단······. 흠······."
너무나 광범위한 말이다.
아, 땅이 넓다는 소리가 아니다. 그곳을 통해 뻗어 나갈 수 있는 길이 너무 많다는 뜻이었다.
그들이 도주를 한다면 어디로 갈 것인가를 잠시 예상해 보던 좌청이 방주에게 물었다.
"혹, 남쪽으로······."
"선이 닿는 모든 제자에게 용모파기를 뿌렸소. 그들은 도시로 들어온 적이 없소."
도시를 거치지 않고 숨어들 수는 없다. 최소한의 준비가 필요하기 때문이다.
거기다 살아가는 동안에도 소소하게 도시에서 사야 할 것들이 생긴다.
그것을 얻는 방법도 역시 도시로 들어가는 것뿐이다.
하니 방주의 말대로라면 그는······.
"죽었다는 말은 하지 마시오."
방주의 말에 입 밖으로 나오려던 말을 애써 삼키는 좌청이었다.

 잠시 숨을 돌린 그가 방주에게 물었다.

 "그의 생존 여부는 제쳐 두고, 일단 그를 위험에 처하게 만든 이들부터 찾읍시다. 그러다 보면 혹시 그를 다시 만날 수 있게 될지도 모르지 않겠소?"

 "그거… 안 해 보았을 거라고 생각하는 거요?"

 "해… 보았다는 소리요?"

 "내가 개방의 방주올시다. 세상의 모든 정보가 모인다는 그 개방의 방주 말이외다."

 물론 과장이다. 남북으로 쪼개지기 전이라면 충분히 인정할 만한 소리지만, 궁가방이란 이름으로 대부분의 걸개들이 남쪽으로 쪼개져 나간 이후, 개방은 하남과 그 위의 몇 개 성 이외의 지역의 정보에는 장님이 되었다.

 물론 그렇다고 그걸 물고 늘어질 생각은 없었다.

 중요한 것은 정보통인 개방이 뒤져 보았지만 소용이 없었다는 것이니까.

 "그러니까 개방으로서도 흉수는 밝혀낼 수 없었다?"

 "그렇소."

 "혹, 백도맹을 의심해 본 적은 없소?"

 좌청의 물음에 잠시 뜸을 들이던 방주가 답했다.

 "있었소."

 그 말에 다시 눈을 반짝인 좌청이 바짝 다가앉았다.

"그래서… 알아보았소? 낙양이면 개방의 손바닥 안 아니오."

"맞소. 그래서 뒤졌고."

장로들과 주요 고수들까지 모두가 결사적으로 반대하는 일을 그는 독단으로 밀어붙였다.

그래서 얻은 것이라도 조금 있으면 나을 텐데, 나온 것은 아무것도 없었다.

백도맹이 벌인 짓이라는 증거는커녕 관여했을 가능성을 암시하는 심증조차도.

"정말 아무것도 없었단 말이오?"

"아무것도……."

답하는 방주의 얼굴에서 거짓은 찾아볼 수 없었다.

그 탓에 서로를 바라보는 좌청과 단리성의 얼굴엔 낭패감이 깊었다.

결국 방주에게 얻을 것이 없었던 좌청은 그를 돌려보냈다. 만일 필요해지면 언제라도 다시 부르겠다는 조건을 달고, 무엇이든 새로운 게 나오면 알려 주겠다는 단서도 달아서.

방주를 돌려보내고 남은 이들의 시선이 좌청에게 향했다. 특히 구부르타의 시선엔 이제 어쩔 것이냐는 노골적인 비아냥거림이 담겨 있었다.

"개방 방주는 출석했고. 이제 잔살문주와 뇌령문주에 대한 처리 문제가 남았구려."

좌청의 말에 구부르타가 비틀린 미소를 달고 답했다.

"예, 어찌… 포교와 포쾌들을 보내 잡아 드리리까?"

"그들을 보내서 무슨 꼴을 당하게 하려고……. 포장은 여전히 사리 분별력이 모자라는구려."

독설에 가까운 핀잔을 준 좌청의 시선이 단리성에게 향했다.

"부탁드리지요."

"금방 다녀오리다."

그 말을 남겨 둔 단리성이 우포청을 나섰다.

그렇게 움직인 단리성이 우포청으로 돌아온 것은 다음 날 점심나절이었다.

우포청으로 들어서는 단리성을 바라보는 구부르타의 눈은 경악으로 물들어 있었다.

툭- 털석.

단리성이 좌청 앞에 던져 놓은 이들은 성한 곳이 없을 정도로 두들겨 맞은 뇌마와 잔살도마였다.

"권법에도 일가견이 있으셨는지 몰랐습니다."

"살려서 잡아들여야 할 놈이 있어서 좀 배워 뒀지."

단리성이 말에 좌청은 섬뜩함을 느껴야만 했다.

도법 하나로 대성하기도 어려운데 권법까지…….

그것도 백대고수를 초주검으로 몰고 갈 정도로. 그는 1만 년에 하나 나올까 말까 한 무재라던 사부의 음성이 좌청의 귀에 맴돌았다.

상념을 털어 버린 좌청이 놀란 눈으로 이쪽을 바라보고 있던 포교들에게 명했다.

"취조실로 옮겨라!"

겁을 먹고 주춤거리는 개봉 우포청 포쾌들과는 달리, 정주 좌포청에서부터 따라온 포교들은 두말없이 달려들어 그들을 끌고 취조실로 향했다.

그 뒤를 좌청과 뒷짐을 진 단리성이 따랐다.

개방 방주에 대한 심문과 달리 뇌마와 잔살도마에 대한 심문은 매질을 동반했다.

묻는 말에 조금이라도 멈칫거리거나 눈동자를 굴린다 싶으면 단리성이 든 몽둥이가 춤을 추었다.

도법의 묘리에 따라 움직이는 몽둥이로 맞아 본 적 있나? 없으면 말을 하지 말자.

초주검에서 반죽음으로 내몰린 뇌마와 잔살도마는 묻지 않은 이야기들까지 마구 털어놓았다.

자신들이 어찌 그와 인연을 맺었고 얼마를 주었으며 매달 어떤 선물을, 어떤 방식으로 전했는지까지.

그 이야기를 듣는 내내 좌청과 단리성은 혀를 내둘러야 했다.

"그러니까 그대 둘이 바친 돈만 금자로 칠만 냥가량 된단 말인가?"

"그, 그렇습니다."

"허! 이거야 원… 일개 포교가 단 몇 개월 만에 칠만 냥이라……."

좌청의 중얼거림에 잔살도마가 주저하며 말을 더했다.

"저… 그, 그것뿐이 아닙니다요."

"그것만이 아니다?"

"예……. 망해 버린 천강문에서도 한 오만 냥은 건너갔을 터이고, 개봉의 주루며 기루, 뒷골목의 흑도들까지 상납하지 않는 곳이 없었습죠."

잔살도마의 말에 좌청의 시선이 뒤에 서 있는 구부르타에게 향했다.

한데 그의 눈이 꾹 감겨 있는 게 아닌가?

그것은 지금 나온 말이 거짓이 아니라는 뜻이었다. 거기다 구부르타도 일정 부분 책임이 있다는 소리고.

"설마… 포장도 받아먹었는가?"

좌청의 살벌한 음성에 구부르타는 아무 소리도 하지 못했다.

곧바로 개봉에 존재하는 기루와 주루의 각 주인들이 개

봉 우포청으로 불려 왔다. 그들은 좌청이 들은 내용이 맞다는 걸 순순히 인정했다.

한데 우습게도 억울하진 않단다. 그렇게 바쳤어도 남았다는 것이다.

그리고 그가 있는 동안에는 개봉에서 깽판 치는 무인들은 단 한 명도 없었으며, 오히려 장사는 그때가 더 잘됐다는 말까지 나왔다.

나중엔 조사를 끝마치고 돌아가던 기루의 주인들이 슬쩍 다가와 묻기도 했다.

"혹시 그분이 어디로 가셨는지 알 수 있을까요?"

"그가… 어디로 갔는지는 알아서 뭐하게 그러시오?"

좌청의 물음에 그 기루의 주인은 희미하게 웃으며 답했다.

"그쪽에 분점을 하나 내려고요. 그분이 계시면 장사는 참 편하거든요."

결국 그는 몇 번씩이나 알려 달라고 간청하다, 눈을 부라리는 단리성의 기세에 눌려 도망치듯 떠나갔다.

기루와 주루의 주인들을 돌려보낸 좌청이 단리성을 돌아봤다.

"이 정도면… 혹도 놈들을 불러봐야 무소용이겠지?"

"그놈들 입에서야 죽일 놈이라는 소리가 나오겠지. 지들이 영업하지 못해 손해가 있었을 테니까."

"그럼 다른 정보가 나올 수도 있겠네."

좌청의 말에 단리성이 고개를 끄덕였고, 이내 개봉 우포청의 전 병력과 정주 좌포청에서 나온 포두와 포교들이 일제히 풀어져 나가 개봉 흑도들을 모조리 잡아들였다.

그들을 형틀에 묶고 좌청이 살벌한 눈빛으로 물었다.

"개봉 좌포청 박 포교의 비리를 밝히면 무사히 보내 줄 것이되, 숨기면 살아남지 못할 것이다."

좌청의 말이 끝나기 무섭게 수백 명의 흑도 왈패들이 떠들어 대기 시작했다.

나중엔 두목급만 추려서 고하게 했는데 상인들의 말과 그다지 다를 것이 없었다.

하니 이제 다른 정보를 캘 미끼를 던지면 되는 것이었다.

"그런 일이 있었으니 너희들은 꽤나 고생을 했겠구나."

"뭐, 별로요."

"별로? 소득이 줄었을 것이 아니냐?"

좌청의 물음에 한 흑도 두목이 고개를 갸웃거렸다.

"그러게 소득은 분명히 줄었는데 왜 별로 안 어려웠지?"

그 말에 여기저기서 '그러게, 요상하네' 하는 말들이 쏟아져 나왔다.

자신들이 모르는 이유를 처음 온 좌청이 알 수는 없는 일이었다.

저들끼리 중구난방으로 떠들어 대는 흑도들을 어이없는

복수의 첫발 • 299

표정으로 바라보는 그에게 구부르타가 낮은 음성으로 말했다.

"구역을 명확히 나눠 주었으니 저들끼리 싸울 이유가 없어진 겁니다. 당연히 치료비나 기타 비용이 덜 들어간 거죠. 거기다 상인들이 물건을 나를 때 돕고, 청소까지 해 주니 빼앗긴다기보다는 품삯을 준다는 기분이 들었던지 상인들이 내놓는 돈이 조금 후해진 겁니다. 보호세는 줄어들었는데 들어오는 돈의 절대량은 그대로 유지된 셈이지요."

구부르타의 말에 좌청이 믿기지 않는다는 표정을 지었다.

"그게… 가능해?"

"보시는 대로."

구부르타의 말에 좌청은 다시금 저들끼리 떠드는 흑도들을 보았다.

그들은 좌청이 듣는 것도 잊었는지 서로 푸념을 늘어놓고 있었다.

그 푸념의 대부분은 박 포교 대인이 없으니까 밖에서 겁없이 밀고 들어오는 놈들이 많아져서 일하기 퍽퍽해졌다는 것과, 그놈들이 자기 구역 상인을 건드려서 응징을 했네, 싸움이 커졌네, 하는 것들이었다.

거기다 하나 더, 어서 빨리 박 포교 대인이 와서 그런 질나쁜 놈들을 싹 정리해야 한다고 떠들어 대고 있었던 것이다.

"이게 무슨……."

보이는 것으로만 판단하자면 비리 포교가 아니라 오히려 청백리보다 나을 정도였다.

그렇게 개봉 우포청에서 좌청이 골머리를 썩이고 있을 무렵, 패천도황이 이끄는 백도맹의 무사들이 개봉으로 스며들었다.

"어디로 움직이실지……?"

무애단주의 물음에 패천도황은 머뭇거림 없이 명했다.

"좌포청으로. 그곳에서 기다리다 보면 단리성… 그놈은 반드시 온다."

"예."

복명한 무애단주의 명에 서른의 무애단원들이 지금은 폐쇄된 개봉 좌포청을 향해 일제히 움직였다.

그러자 그들을 앞에 세운 패천도황과 일천 검수들도 신발 소리조차 남기지 않고 그 뒤를 따랐다.

그렇게 달려 개봉 좌포청에 다다른 무애단원들이 일제히 담을 뛰어넘기 위해 솟아올랐다.

그들을 따라 천검단원들도 전부 담을 넘었다.

한데 그렇게 담을 넘자 그 자리에 멈춰 선 무애단원들이 보였다.

당연히 막 담을 넘은 천검단원들도 그대로 멈춰 설 수밖에.

갑작스런 상황에 패천도황이 일행의 행동을 정지시킨 무애단주의 곁으로 다가왔다.
"무슨 일인가?"
"저기… 누가 있습니다."
 무애단주의 손을 따라 고개를 돌리던 패천도황의 눈이 커졌다.
 결코 잊을 수 없는 두 사람 중 한 명의 모습이 바로 그곳에 있었기 때문이다.
"네, 네가 어찌……?"
"죽기엔 아름다운 곳 아닌가?"
"아름다워? 이 삭막한 곳이?"
 패천도황의 물음에 피식 웃은 세영이, 함께 웃고 함께 울던 동료 포쾌들을 떠올리며 말했다.
"네가 서 있던 곳이 아침 조회면 구열이 서던 곳이다. 저기 푸른 머리띠를 한 놈들이 서 있는 곳은 야번조가 정렬하던 곳이고. 네놈 우측은 포령의 눈을 피해 가끔 고기를 굽던 곳이지."
"무슨 소리냐?"
"왜 아름다운지 이야기해 주고 있는 거잖아."
"추억… 이라는 소린가?"
"추억……? 그래, 이제 추억이 되어 버렸군. 너희들 덕에. 그래서 하는 말인데, 나도 너희에게 선사하려고. 그 추억이라는 것을."

 말을 끝낸 세영의 전신에서 어마어마한 기세가 뿜어져 나오기 시작했다.

 그건 패천도황이 평생 처음 마주하는 절대적인 기세였다. 그 탓에 더 기다린다면 반격할 기회조차 얻을 수 없을 것 같았다.

"쳐, 쳐라!"

 패천도황의 명이 떨어지기 무섭게 무애단이 반응했다. 그들 서른의 도가 일제히 뽑히고 그대로 들이닥쳤다.

 스걱-!

 분명 한 번의 절삭음이었고, 단 한 번의 칼질이었다.

 한데…

 투두둑-

 무언가 터져 나가는 소리가 울리고 서른에 달하는 무애단원들의 몸에서 핏줄기가 뿜어졌다.

 티, 털썩.

 잠시 멈칫했던 서른의 무애단원들이 일제히 넘어가는 것은 섬뜩함을 넘어 공포 그 자체였다.

"뭐, 뭐하는가! 천검단은 놈을 주살하라!"

 패천도황의 명이 개봉 좌포청을 떨어 울리자, 주저하던 천여 명의 검객이 일제히 검을 뽑아 들고 쇄도했다.

 그들을 바라보던 세영의 발이 슬쩍 비틀리고…

복수의 첫발 · 303

팡-
거센 바람과 함께 그의 신형이 흩어졌다.

6권에 계속

www.mayabook.co.kr